ALGUÉM NA PLATEIA PERGUNTOU O QUE EU GOSTARIA DE SER QUANDO CRESCESSE. A PERGUNTA ERA DE BRINCADEIRA, MAS RESPONDI A SÉRIO: UM DIA, GOSTARIA DE DEIXAR DE SER ESCRITOR OU EVENTUAL JORNALISTA E REVERTER À CONDIÇÃO DE APENAS, E COM MUITA HONRA, LEITOR.

CRÔNICAS

PARA LER NA ESCOLA

RUY CASTRO

OBJETIVA

Grafia atualizada segundo o Acordo Ortográfico da Língua Portuguesa de 1990, que entrou em vigor no Brasil em 2009.

Capa e projeto gráfico
Crama Design Estratégico

Imagem de capa
Bruno Veiga

Coordenação editorial
Isa Pessôa

Produção editorial
Maryanne Linz

Produção gráfica
Marcelo Xavier

Revisão
Lilia Zanetti
Tamara Sender
Ana Kronemberger
Joana Milli

CIP-Brasil. Catalogação na Fonte
Sindicato Nacional dos Editores de Livros, RJ

C353r
Castro, Ruy
Crônicas para ler na escola - Ruy Castro / Ruy Castro; seleção e apresentação de Sylvia Cyntrão. — 1ª ed. — Rio de Janeiro: Objetiva, 2010.
(Para ler na escola)

ISBN 978-85-390-0110-1

1. Crônica brasileira. I. Título. II. Série.

10-3417
CDD: 869.98
CDU: 821.134.3(81)-8

EDITORA SCHWARCZ S.A.
Praça Floriano, 19, sala 3001 — Cinelândia
20031-050 — Rio de Janeiro — RJ
Telefone: (21) 3993-7510
www.companhiadasletras.com.br
www.blogdacompanhia.com.br
facebook.com/editoraobjetiva
instagram.com/editora_objetiva
twitter.com/edobjetiva

CRÔNICAS
PARA LER NA ESCOLA

RUY CASTRO

SELEÇÃO SYLVIA CYNTRÃO

Sumário

Lugar Urbano/Olhar Social

Lugar Expressivo/Olhar Global

Apresentação

Os textos que escolhemos aqui destacar do autor-cronista — e também consagrado biógrafo e romancista — Ruy Castro são relevantes tanto do ponto de vista educativo como do literário, pela monumental contribuição informativa e estética que trazem para o gênero.

Explico: esse exímio e premiado jornalista — que adotou o ofício artístico do texto, para a sorte da literatura brasileira — vem dando significativa contribuição à construção de uma sociedade mais consciente, pela reflexão opinativa sobre fatos, personagens históricos e políticos que traz em suas crônicas, bem como sobre comportamentos representativos da cultura nacional e internacional. Tudo em uma linguagem concisa, precisa, esteticamente trabalhada com delicadeza — este é seu estilo — e sempre muito bem equilibrada entre o humor e a ironia, quando a última é necessária ao reforço da crítica.

A partir das crônicas selecionadas, professores e alunos podem construir aulas interessantes e manifestar-se sobre o que, afinal, diz respeito à condição humana tão instigante que todos compartilhamos. Esta seleção está dividida em quatro partes temáticas para melhor orientar a compreensão da leitura e propiciar ótimas discussões, também além do ambiente escolar. Ruy nos faz de cúmplices do bem, pois nos leva com simpatia e empatia a *pensar* junto com ele — narrador onisciente — em diálogo para lá de gostoso, atuando muitas vezes como nosso porta-voz.

Vale lembrar que a palavra crônica, em língua portuguesa, originou-se do grego *khronikà*, que significa "tempo". A noção temporal é, portanto, a característica essencial deste gênero literário que incorpora características do texto jornalístico e do texto poético. Por este hibridismo, a crônica é um gênero precioso para o professor que queira incentivar seu aluno a formar um pensamento crítico e autônomo como ser individual e social, a partir do ato de ler de forma consciente, pois as narrativas sempre situam os acontecimentos em um tempo histórico, seja o passado, o presente ou como projeção para o futuro.

Essa forma literária — que une fatos/ história/ descrição/ comentários críticos e/ou poéticos foi a primeira a ser ensaiada na Terra de Vera Cruz, há mais de quinhentos anos. Seu autor? Pero Vaz de Caminha, o escrivão da esquadra de Cabral, descobridor do nosso Brasil. Os teóricos posteriormente incluiriam a famosa "Carta" ao rei de Portugal no gênero "literatura de informação". Crônica seria hoje o nome mais adequado. Esta é a linhagem à qual nosso cronista está filiado para sempre. Linhagem bem honrosa, aliás, pois a ela pertencem Machado de Assis e Carlos Drummond de Andrade, para citar apenas dois dos maiores escritores brasileiros.

As crônicas de Ruy Castro têm muito a nos dizer, pois seu autor é um intelectual de conhecimento vasto. Estrela de nossa melhor literatura, o que escreve conquista o leitor também pela relevância humana muitas vezes sutil que imprime a assuntos inusitados. Este é o caso de "Como um tumor" que, tendo como pretexto o relato da criação de uma rã transparente por cientistas da Universidade de Hiroshima, no Japão, traz uma sugestão bem interessante para a política brasileira, ao final. É na seção *Lugar inventivo/Olhar universal* que esta e outras crônicas com os fatos científicos pitorescos de que tanto gostamos de saber são oferecidos pelo autor. Você lerá histórias divertidíssimas como "Brrrr!!!! Os *channas* estão chegando!". Você quer saber quem são os "*channas*"? Bem... segundo o autor "A resposta é simples, e, como sempre acontece, tudo começou da maneira mais inocente". Corra lá pra ler... o caso é sério...

Em "Rãs sem cabeça": "Pesquisadores da Universidade de Bath, na Inglaterra, clonaram embriões desta espécie. Os responsáveis pela pesquisa acreditam que o processo possa ser repetido em humanos. (...)". Como assim?? Leia e você saberá da opinião do nosso autor. Vamos encontrar nesta coletânea crônicas onde o personagem principal é um animalzinho irracional, mas que serve como uma ótima metáfora para pensarmos o nosso mundo dos "racionais": " Um rato salvou uma família de morrer num incêndio? Isso mesmo. (...)" O evento sensacional está lá em "Enfim, um rato herói". Vale a pena seguir esta história!

As diversificadas narrativas abordam também questões polêmicas de que temos notícias constantes em nosso cotidiano, como a devastação pessoal pelo uso de drogas que estão na seção *Lugar urbano/Olhar social*. Este grave problema é levantado em "Prazeres fatais" e em "Longe do mundo", entre outras. "Motivo e pretexto" também aborda os medicamentos controlados ou as chamadas drogas "instrumentais", cujo uso aumentaria o desempenho intelectual. Com que consequências? É a pergunta que o autor nos traz e responde.

A questão do alcoolismo — esta triste doença que arrasa tantos jovens, independente da classe social e do espaço geográfico habitado — é um dos temas comentados por ele de forma muito assertiva (leia "Salvação de Adriano" e "A força maior"). Outro tema correlato é o da violência urbana, sobre o qual incentiva os cidadãos a assumir a parte que lhes cabe para tentar diminuir os efeitos sociais desastrosos.

As crônicas que estão agrupadas na seção seguinte, *Lugar expressivo/Olhar global*, levam a gente a pensar muito quando tratam da relação distorcida entre pais e filhos, no tempo em que vivemos, e podem incentivar um ótimo debate sobre o uso dos meios de comunicação e da internet. Mesmo que concordemos que os meios de comunicação de massa ou o computador sejam benéficos pelo acesso rápido à informação que propiciam a seus usuários, por outro lado há a questão do distanciamento entre as pessoas que se alienam do mundo real pelo virtual. Estas questões tão contemporâneas são tratadas em "Cibergugu", "Sem mãe para deletar" e "Nova babá eletrônica", entre outras.

Craque das palavras, cujos usos e funções comenta de maneira irreverente, mas com total propriedade em várias crônicas desta seção, impossível não se deliciar com as referências aos usos da língua portuguesa sob a influência do "internetês" em "Denunciando", ou na interessante "Nomes de guerra" em que declina uma lista considerável de nomes exóticos registrados nos cartórios brasileiros. Em "A Redenção do 'y'"o cronista pergunta: "Quanto ao "Y", o que seria da música brasileira sem ele?" A resposta é um primor de informações. Leia quem são os companheiros de "y" da cantora Daniela *Mercury* e do virtuose instrumentista *Yamandú* Costa....

Dessa forma nosso cronista vai nos enriquecendo e expondo seus pontos de vista, com base em observações acuradas da realidade. Na seção *Lugar histórico/Olhar cultural* assuntos aparentemente superficiais podem se abrir a reflexões políticas muito importantes. É o que podemos ler em "Da janela vê-se" na qual o narrador avalia a recepção dos demais países à eleição do Cristo Redentor, no Rio de Janeiro, como uma das sete novas maravilhas do mundo: "Como até as pirâmides do Egito já sabem, mal o nosso Cristo foi eleito (...) começou o choro dos perdedores (...)." Nesse particular o texto tece uma crítica objetiva e bem fundamentada, por comparação a outros lugares, sobre o tão mal aproveitado potencial turístico do Brasil.

E... O que você sabe sobre o rei D. João VI? Por que tem sido tão maltratado pelos nossos historiadores? Leia mais sobre este personagem importante da nossa história em "Ao alcance da nossa gratidão". A lembrança deste e de outros personagens da vida histórica e cultural brasileira possibilitam a abertura crítica de que tanto precisamos para sermos cidadãos realmente capazes de ver com clareza e de transformar a realidade que nos cerca, por meio de um resgate responsável da memória coletiva.

Nessa linha... a crônica "Maiorais" nos revela uma informação preciosa: "Bom de cabeça, mas meio lerdo do pé, o Instituto do Patrimônio Histórico e Artístico Nacional reconheceu o samba carioca como 'patrimônio cultural e imaterial do Brasil'." Informação pra lá de importante, pois ressalta um dado fundamental que diz respeito à formação de nossa diferenciada identidade nacional. No relato são relembrados com justiça quase trinta nomes de grandes compositores da música popular.

Quando mergulha na crítica dos costumes, como em "Proibido não ser perfeito", que reflete sobre as facilidades tecnológicas contemporâneas e algumas de suas estranhas consequências, o autor nos leva a "ver" melhor e a pensar outros ângulos a partir de sua análise. Impossível não ter vontade de aplaudi-lo depois de ler "Cura-se qualquer doença", em que traça um perfil hilariante e cortante, a um só tempo, dos que se dizem curandeiros em certas religiões.

O importante dos textos aqui selecionados, independente do assunto tratado, é que permitem a abertura de múltiplos pontos de vista. Ruy Castro pode partir de curiosidades, como as registradas de forma espirituosa em "As superpiranhas" e "Formigas no computador", ou de uma notícia polêmica de jornal, como em "A 'Lei de L'.".

Investindo-se de uma condição que convida à cumplicidade quem o lê, é conosco que o autor-narrador dialoga. Assim, pela habilidade de criação de laços emocionais com seu leitor, Ruy Castro o conduz também pelo coração a um mundo vasto de interfaces belas, com cenas pra lá de emocionantes, como em "Vaia em Julinho": "...quando o locutor do Maracanã anunciou Julinho na ponta direita, os 127 mil presentes (...) mandaram a maior vaia da história do estádio." Quer saber como terminou esta história? Leia a crônica, é de ficar arrepiado... Nesse trânsito Ruy é um humanista, um apaixonado pelas virtudes do ser humano. É isso, então, que ele tece com a qualidade técnica do melhor literato e com a precisão do melhor jornalista.

Indo além dos fatos para sublinhar comportamentos sociais, questionando a tradição (surpreenda-se e delicie-se com a crônica "Em defesa dos vilões"), ou sacudindo nosso conforto... (leiam "Tráfico de aranhas"), tudo com um estilo leve e cativante, o livro *Ruy Castro: Crônicas para ler na escola* oferece ao leitor, jovem ou adulto de todas as idades, um importante panorama crítico dos valores da contemporaneidade.

Hoje em dia se alguém me pergunta "Para que serve a literatura?", eu não faço uma palestra teórica. Simplesmente recomendo os livros de Ruy Castro. Depois de ler algumas de suas páginas esta resposta vem certa, bela e fácil. E aí... o difícil é parar de lê-lo.

Sylvia Helena Cyntrão

Lugar Inventivo/Olhar Universal

Como um tumor

Cientistas da Universidade de Hiroshima, no Japão, criaram uma rã transparente, cujas intimidades ficam expostas e podem ser perfeitamente observadas pelo lado de fora. Com isso, salvaram-se gerações inteiras de rãs, porque os cientistas não precisarão mais dissecá-las para saber como reagem às substâncias que eles vivem lhes injetando. Outra vantagem é a de que poderão acompanhar uma rã por todo o seu ciclo de vida — o ciclo de vida da rã, claro, não dos cientistas.

Para chegar à rã transparente, os japoneses, craques em engenharia genética, levaram anos cruzando exemplares de rãs albinas. E agora partiram para aperfeiçoá-la: vão fazer com que qualquer corpo estranho que apareça dentro da rã se acenda. Um tumor, por exemplo.

Já no Marrocos, também nesta semana, os cientistas da Universidade de Rabat conseguiram com que um pato nascesse no ovo de uma galinha. Se isso lhe parece meio mixo (afinal, no mesmo dia, em Recife, uma avó deu à luz seus próprios netos, lembra-se?), saiba que a proeza marroquina é considerada mais importante, pelo fato de os palmípedes e os galináceos constituírem famílias diferentes.

Por coincidência, é o que se está discutindo em Brasília nos últimos dias: um político gerado num ovo destinado a palmípedes pode se baldear no meio do mandato para o terreiro dos galináceos, por ver neste mais oportunidades para ciscar? Em princípio, não. Mas e se o eleitor só quiser saber do pinto ou do pato, e não do ovo de onde ele saiu?

Essas mudanças nunca são de graça. Assim, sugiro convocar os japoneses para cruzar nossos políticos com as rãs albinas e, com isso, criar políticos transparentes. Quando um deles recebesse um corpo estranho — uma propina, por exemplo —, esse corpo se acenderia. Como um tumor.

O homem e outros bichos

Para uma coisa esses tempos malucos estão servindo: mais do que em qualquer outra época da história, estamos nos preocupando com nossos irmãos de quatro, oito, 12, 24 ou mais patas (não se sabe por quê, elas vêm sempre em múltiplo de quatro). Já não era sem tempo. Considerando-se que dividimos este planeta com eles, os melhores entre nós estamos procurando um *modus vivendi* com os animais: nós não os exterminamos, e eles não nos exterminam.

Sim, porque, até bem pouco, a coisa era diferente. Em nome de algo chamado progresso, o homem passava impunemente por cima de qualquer preocupação com os bichos. Se, para construir uma usina nuclear, fosse preciso empestear um oceano inteiro e exterminar trilhões de peixes, ninguém dava um pio. Hoje é diferente: as usinas e os petroleiros continuam empesteando os oceanos, mas, pelo menos, sofrem pesadas multas que, naturalmente, não chegam a pagar. Continua-se a exterminar por atacado e temos de nos consolar com a ideia de que, pelo menos no varejo, estamos fazendo algum progresso.

A mãe de minha amiga Chris, por exemplo, tinha um mico-leão em seu apartamento no Rio. Tinha, não: tem — e desde o tempo em que os micos-leões abundavam e ninguém se preocupava com eles. Há poucos anos, numa matéria de jornal a respeito de cidadãos que mantêm bichos exóticos em casa, o mico-leão da dita senhora foi citado. Bem, segundo uma lei mais ou menos recente, é proibido manter animais silvestres em cativeiro. Acontece que o mico-leão da mãe de Chris já podia ser considerado tudo, menos silvestre: estava perfeitamente aclimatado à vida em apartamento. Tinha sua suíte particular, era tratado como filho, assistia com ela à novela das oito e até ajudava em pequenos consertos domésticos, como desentupir pias e instalar programas antivírus no computador. Mesmo assim, o Ibama foi conferir.

O Ibama concluiu que o mico era feliz, estava muito bem de saúde e só precisava fazer um pouco de exercício. Então instruiu a mãe de Chris para levá-lo regularmente às matas da Tijuca para malhar entre as árvores. O que ela achou justo e tem rigorosamente cumprido: chova ou faça sol, sai de casa todos os dias e leva o mico para fazer aeróbica na Floresta da Tijuca. Uma alternativa para os dias de chuva é levá-lo a uma academia para fazer *jazz*.

O caso do mico da mãe de Chris está resolvido, mas nem sempre as boas intenções impedem que dê zebra na harmonia entre humanos e não humanos. Eu próprio, sem querer, já induzi pardais a terem *baratos* horríveis provocados por fungos alucinógenos. E apenas porque durante um bom tempo alimentei-os com bolinhas de miolo de pão carinhosamente colecionadas no café da manhã. Depois do café, pegava as bolinhas e as jogava sobre o telhado de minha casa, sabendo que a família de pardais não demoraria a aparecer. Fiz isso durante meses com rigorosa pontualidade e podia observar até como minha preocupação para com eles se refletia em sua silhueta. Quando eu lhes servia bolinhas de pão francês, eles viviam redondos e rechonchudos. Quando eu próprio resolvia passar uns tempos comendo um abominável pão *diet*, daqueles ensacados, os pardais também afinavam visivelmente.

Até o dia em que, por distração, servi-lhes bolinhas de pão ligeiramente embolorado. Minutos depois, observei quando eles começaram a bater as asas de modo estranho, a assobiar *Lucy in the Sky with Diamonds* e a não dizer coisa com coisa. Fui correndo examinar o pão e só então me dei conta da catástrofe: eles estavam passando por uma *bad trip* provocada pelos fungos do pão — como se tivessem tomado LSD ou chá de cogumelo. A partir daí, achei mais prudente deixar que procurassem alimento por conta própria.

E já aconteceu de eu também ter sido vítima de meu cuidado para com os bichos. Há alguns anos, meus gatos Piu e Glorinha receberam a visita de um gato estranho que lhes passou um razoável estoque de pulgas. As pulgas do visitante, diante de sangue fresco, fartaram-se antes que eu percebesse a invasão e proliferaram espetacularmente em meus gatos. Tomei as providências de praxe: mandei-os a banho no veterinário, apliquei-lhes o xampu antipulgas e lhes servi anticoncepcionais idem. Para quem não entende do assunto, explico: por mais que os banhos e xampus funcionem, algumas pulgas sobrevivem e continuam se reproduzindo. A solução contra elas é dar ao gato o anticoncepcional de pulga, que vem em comprimidos. O gato toma o remédio, este vai para a sua corrente sanguínea, a pulga morde o gato e fica esterilizada — aquela não procria mais.

Até aí, tudo bem. Acontece que as pulgas são espertas. Diz-se delas que têm um Q.I. superior ao de alguns surfistas. Assim que se veem ensaboadas com o xampu ou leem a bula do anticoncepcional, as pulgas abandonam imediatamente o gato e pulam para o corpo mais próximo: o do dono do gato. No caso, eu. Pois, ao sentir as primeiras espetadas, concluí logo: as pulgas de Piu e Glorinha tinham se mudado para mim. Como não ficava bem eu ir ao veterinário para tomar um banho antipulgas, resolvi o problema tomando o anticoncepcional. E com isso também me livrei delas.

Os animais são muito mais inteligentes do que pensamos. Podemos estranhar a maneira como se comportam, mas, se analisarmos suas reações, veremos como, quase sempre, eles tomam as atitudes corretas diante de certas situações. Há tempos um amigo que transa barcos me contou uma história que se repete todos os dias aqui mesmo, quase debaixo do meu nariz, no Leblon. À minha frente ficam as ilhas Cagarras, aqueles seios de pedra que brotam do mar e formam gargantas apontadas para o céu. Muita gente gosta de passar de barco entre elas. Milhares de gaivotas fazem pouso permanente por ali e, se você não lhes perturbar o sossego, elas também não incomodarão ninguém. Acontece que todo comandante de barco que passa entre as ilhas e vê as gaivotas sente-se tentado a dar-lhes um susto, tocando o apito do barco.

Bem, como *você* se sentiria se estivesse quieto no seu canto, voando de uma ilha a outra com seus amigos, e um barqueiro idiota, lá embaixo, tocasse um apito que faz BRRRUMMM! com milhares de decibéis? Pois as gaivotas nem discutem. No que o barco passa sob elas e o barqueiro produz o BRRRUMMM!, as gaivotas em massa fazem cocô sobre ele e os passageiros. Pelo menos, cada barqueiro só faz BRRRUMMM! uma vez.

Barbeiro no espaço

O Brasil ingressa finalmente na era espacial. Um barbeiro brasileiro está sendo embarcado com a tripulação de uma expedição da Nasa. Quarenta e tantos anos depois do primeiro homem no espaço, um patrício olhará pela janelinha da nave e, lá de cima, poderá checar se a Terra é mesmo azul, como dizem, ou, quem sabe, fúcsia, ciclâmen ou burro quando foge.

Este barbeiro não é um profissional da tesoura e da navalha, como você pode estar pensando. Embora, se fosse, não seria nada de mais. Por mais que eles cortem o cabelo reco ao embarcar, a juba dos astronautas insiste em crescer durante a viagem e são eles que se tosam uns aos outros. Ora, os astronautas podem ser brilhantes em navegação espacial, mas nada os obriga a ser craques da tesoura — o que resulta em que, ao descer da nave, meses depois, eles pareçam foragidos do Museu do Inconsciente. A Nasa poderia incluir um barbeiro profissional nas suas tripulações e, nesse caso, não seria nada de mais que fosse um brasileiro.

Mas o barbeiro brasileiro no espaço não é nenhum desses, nem mesmo um mortífero motorista dominical — daqueles que sinalizam à direita e entram à esquerda, dão fechadas em ônibus e avacalham com o bom nome dos barbeiros de verdade. Seria engraçado imaginar um desses pilotando a nave, atropelando asteroides e tirando fino dos meteoritos.

Mas não é o caso. O barbeiro espacial é o inseto propriamente dito, definido pelo *Houaiss* como um hemíptero, da família dos reduviídeos e da subfamília dos triatomíneos. Apesar dessa nobre linhagem familiar, o nosso barbeiro não é muito cotado socialmente — o vulgo o conhece mais como aquele bicho noturno e nojento, que chupa sangue com a voracidade de um vampiro e transmite a doença de Chagas.

Verdade seja dita: o barbeiro brasileiro não é o primeiro animal no espaço, nem mesmo o primeiro inseto. Há tempos, uma nave russa levou sem saber uma colônia de chatos, abrigada clandestinamente nos pelos de um astronauta originário da Chechênia. Os chatos sobreviveram à falta de gravidade e até à temperatura fora da nave, porque estavam protegidos pela roupa com calefação do astronauta — roupa que, pelo *design* imprevidente, tornava dificílimo que ele se coçasse quando os chatos a isso o solicitavam.

Quando a nave voltou à Terra, o astronauta checheno foi logo despachado para a quarentena, e cada chato grudado em seu púbis e axilas foi examinado no microscópio. Os exames revelaram que, no espaço, os chatos tinham alucinações que interferiam na sua capacidade reprodutora, tornando-se sexualmente apáticos — mais ou menos como um sujeito que passasse o dia tomando ácido. Foi daí que surgiu a ideia de se levarem outros insetos como cobaias nas expedições espaciais. Donde o nosso barbeiro foi um dos felizes contemplados.

Na condição de convidado da Nasa, o barbeiro viajará de primeira classe, em contêineres preparados para o seu conforto. Para se alimentar e sobreviver à viagem, receberá dosagens periódicas de sanguinho sintético. Não há possibilidade de, de tempos em tempos, o deixarem sair do contêiner e passear pela nave, para dar umas chupadas ao vivo nos astronautas. Seria perigoso demais — não só para os astronautas, mas também para o barbeiro.

O que a Nasa quer exatamente ao mandar um barbeiro para o espaço, só ela sabe — e não conta para ninguém. Mas suspeita-se que seja mais um daqueles casos de uso maroto da biodiversidade brasileira, de que tanto falam os jornais. São os cientistas americanos apropriando-se dos nossos recursos para inventar remédios e patenteá-los em seu nome.

Bem, se for isto, desta vez não temos do que reclamar. O barbeiro vive marginalizado no Brasil, chupando qualquer tipo de sangue e reproduzindo-se ao seu bel-prazer nos casebres e favelas, sem que ninguém lhe dê bola. O máximo de concessão que lhe fazemos é matá-lo com uma chinelada quando o apanhamos em flagrante. Se os americanos enxergaram no barbeiro utilidades de que nem desconfiávamos e, para isso, vão levá-lo a um passeio no espaço, bem feito para nós, que nunca o levamos nem a Niterói.

A barata invencível

Deu no jornal. Uma senhora em Tel Aviv tricotava em sua sala, quando percebeu uma barata passeando alegremente pelo território. Com aquela coragem que é privilégio das mulheres, a madame foi de chinelo para cima da barata. Encurralou-a num canto e acertou-lhe várias chineladas. A barata pôs-se de pernas para o ar, estrebuchou com grande histrionismo e pareceu morrer. A senhora recolheu-a com uma pazinha e a jogou no vaso. Ato contínuo, deu a descarga.

Mas, ao fazer isso, descobriu que a bicharoca não apenas estava viva como recusava-se a descer pela descarga. Vários litros de água (que, em Israel, eles chamam de "precioso líquido") foram gastos nessa operação, meritória, porém debalde. A madame, incansável, foi lá dentro e pegou a bomba de flite. Fumigou generosamente a barata, fechou a tampa do vaso e foi dormir, deixando a barata para morrer intoxicada.

Alguns minutos depois, seu marido chegou da rua. Trazia duzentos gramas de manteiga numa mão e o *Jerusalem Post* na outra. Depositou a manteiga na geladeira e foi ler seu jornal sentadinho no banheiro antes de dormir. Enquanto lia, acendeu um cigarro. Depois de fumar, atirou o cigarro no vaso sem nem mesmo levantar-se dele. O cigarro atingiu o inseticida e este explodiu dentro do vaso.

A madame, habituada a explosões, acordou com o barulho e pensou imediatamente que um homem-bomba palestino havia se imiscuído em seu banheiro. Correu para lá e descobriu que a vítima era seu infeliz marido. A explosão o fizera dar três cambalhotas e um salto mortal, e lhe provocara queimaduras de primeiro, segundo e terceiro graus nas regiões mais delicadas. A mulher voou ao telefone e ligou para o pronto-socorro. Este, eficientíssimo, chegou em poucos minutos. Os dois homens analisaram o estrago e fizeram "Tsk, tsk". Puseram o acidentado numa maca e prepararam-se para descer com ele pela escada até a ambulância estacionada na porta do prédio, o qual não tinha elevador.

No meio do caminho, perguntaram à mulher do explodido o que acontecera. Ela relatou tudo em detalhes. Começou pela parte em que estava tricotando na sala, quando deu pela presença da barata. Contou que tentara matá-la a chineladas, depois por afogamento e, finalmente, por envenenamento, mas que a barata tinha um inexplicável apego à vida. O resto ela podia apenas deduzir, porque não vira seu marido chegar da rua. E, naquele momento, ele, sem sentidos, estava impedido de completar o depoimento. Mas sua esposa calculou que, distraído como era, ele só podia ter jogado um cigarro aceso no vaso sanitário, sem antes checar se este não continha inseticida.

Os homens da maca ouviam atentamente a história, cujo clímax aconteceu quando eles estavam começando a descer a longa escadaria. Quando a madame chegou à parte do cigarro atirado no vaso, tiveram um incontrolável acesso de gargalhadas. As gargalhadas sacudiram a maca, o marido caiu desta e rolou quarenta ou cinquenta degraus escada abaixo. O saldo da noite foram fêmures, tíbias e perônios fraturados e escoriações generalizadas, sem falar nas queimaduras.

Mas não fique triste. Com tantas desventuras, o marido sobreviveu. E, considerando-se todos os seus desaires, a barata também teve uma invejável sobrevida.

Apesar de continuamente enchinelada, afogada, intoxicada e explodida, ela só foi morrer horas depois. E, mesmo assim, de rir.

A superpiranha

Se for ao Rio Grande do Sul, vá de botas. E se, por algum motivo, pensar em fazer um piquenique às margens do rio Uruguai e entrar nele para um inocente mergulho, recomenda-se que, além das botas, você se calce primeiro com um bom advogado para preparar-lhe o testamento. Cientistas gaúchos descobriram outro dia a existência de uma superpiranha no rio Uruguai, pesando e medindo o dobro da piranha normal: uma média de 2,1kg e 40cm de comprimento, contra 1,3kg e 28cm da piranha comum.

Piranhas são como roqueiros: não sabem ou não gostam de fazer trabalho *solo*. Só em grupo. E, quando se juntam, são tão mortíferas quanto. A clássica cena de um cardume devorando um boi em cinco minutos e devolvendo o couro e os chifres é terrível, e olhe que sempre foi filmada com as piranhas tradicionais. Fosse filmada com as superpiranhas, o boi não apenas seria devorado em dois minutos, como elas palitariam os dentes com os chifres. Donde você não tem a menor chance.

As análises do estômago de uma piranha costumam dar os resultados mais improváveis: pode-se encontrar tudo dentro dele. Piranhas comuns, capturadas há tempos com aquela isca que fica dando pulinhos, e depois abatidas a cacete para não devorar o dedão do pé do pescador, foram abertas para observação. A lista do seu conteúdo incluía pedaços de vários outros peixes, nacos de casco de tartaruga, anzóis tortos, pregos enferrujados e cacos de osso humano (possivelmente, joanetes, um dos pratos favoritos de piranhas em dieta). Por aí se tem uma ideia de como a piranha é alimentarmente eclética. Mas, outro dia, os pesquisadores capturaram vários exemplares da superpiranha, abriram-nos e concluíram que o estômago desses bichos sobrevive a qualquer coisa.

O sistema digestivo das superpiranhas continha tudo o que havia no das piranhas normais e mais uma quantidade de lascas de metal prateado que, submetidas a análise, foram identificadas como pedaços de CD. Os biólogos embatucaram: desde quando piranha come CD? Mas não foi difícil solucionar o mistério: as piranhas tinham atacado um barco de contrabandistas de CDs piratas no rio Uruguai. Primeiro, elas comeram o barco; depois, comeram os contrabandistas; finalmente, comeram a carga. Um trabalho de restauração eletrônica identificou os CDs como sendo os de Chitãozinho e Xororó, Los Hermanos e padre Marcelo. Não se sabe como as piranhas sobreviveram à indigestão.

O nome técnico dessas piranhas é palometas, o que tem provocado confusões às vezes trágicas entre turistas argentinos em visita ao Rio Grande. Ora, não há quem não conheça, em qualquer língua, a palavra piranha. Mas palometa é quase um codinome. Então, ao saber que o rio tal está cheio de palometas, alguns gringos lambem os beiços e sonham com uma bela pescaria. Sentam-se com seus anzóis à beira do rio e, quando acordam, já ficaram sem os anzóis, os pés, as mãos e qualquer protuberância mais exposta. Vacas desavisadas, pastando à beira do rio, também já foram vistas sem as tetas, abocanhadas pelas superpalometas com uma só dentada.

A ciência ainda procura uma explicação para a ferocidade dessas piranhas. Mas haverá uma explicação? Talvez seja apenas a natureza delas. Os socós pescam, os pintassilgos cantam, e as piranhas atacam e devoram tudo. O engraçado é que as piranhas não se devoram entre si. Nesse ponto, estão muito atrasadas em relação a nós, que, literal ou metaforicamente, vivemos nos comendo uns aos outros. Não apenas destruímos o que vemos à nossa volta, como nos aniquilamos a faca, pistola, metralhadora e bomba, com uma fúria capaz de chocar... De chocar o quê? De chocar uma piranha.

Formigas no computador

Quando me contaram, eu não acreditei: formigas adoram computadores. Pois devia ter acreditado. Meu computador começou a dar mais chabu do que o habitual nos últimos tempos e, como sempre, sem motivo justo. Tudo bem, admito que é um espécime da Idade da Pedra, comprado há quase dois anos. No mundo eletrônico, isso o torna tão velho quanto os Manuscritos do mar Morto. E, como se não bastasse, durante esse tempo submeti-o a um cruel regime de trabalho escravo, em que, ocasionalmente, eu o chicoteava para ele não relaxar no serviço. Pois, além do desgaste natural (por mais sofisticados, os computadores são fabricados com material vagabundo, feito mesmo para quebrar), houve também as formigas.

Se você tem um jardim de inverno ou mesmo um vasinho de planta a menos de 10 metros do seu computador, é só se esconder atrás de um móvel e observar. Em coluna-por-um, uma família de formigas acaba de sair do formigueiro e está marchando em direção ao seu equipamento, com aquela determinação de que só as formigas parecem capazes. Você sabe como é: quando cismam de ir a algum lugar, não há obstáculo que as detenha. Mesmo que você delicadamente lhes aplique água fervendo ou a sola do seu tênis novo, as formigas remanescentes continuarão firmes em direção ao objetivo, como se este fosse a coisa mais importante do mundo, tipo os aliados desembarcando na Normandia. Em 1900 e quebrados, Mark Twain escreveu uma crônica sobre a cega determinação das formigas e, desde então, elas não evoluíram nem um pouco.

Mas, como eu estava dizendo, lá vêm as formigas em direção ao seu computador. A princípio, pensei que o fascínio de um computador para uma formiga média e semianalfabeta fosse algum cheirinho desprendido pela engrenagem lá dentro. Mas não: pelo que me informaram, o interior do computador é inodoro até para formigas. O que as atrai é o calorzinho das entranhas da geringonça. Mas como pode um ser vivo e residente no Rio precisar de calor com quase 40 graus aqui fora? Justamente por isto: elas não vivem aqui fora, mas no interior do formigueiro, o qual é tão frio que as obriga a dormir de meias. Por isso saem em excursão e vão se aquecer no seu computador. E, com aquela insensibilidade eletrônica que as caracteriza historicamente, as formigas ferram com ele.

Mas, enfim, lá vêm as formigas. A líder delas (pelo menos, a que vai na frente, com a bandeira) já está escalando a torre do seu precioso computador e prepara-se para penetrar por um daqueles buraquinhos de ventilação. Atrás dela, vêm as outras, dispostas a fazer o mesmo. Em poucos minutos, um exército de formigas, composto de pelotões e batalhões, estará zanzando de um lado para o outro entre os *chips*, sem que você possa fazer nada. Aliás, quem vai fazer é elas. E sabe o quê? Xixi.

Sim, é o que, segundo os entendidos, escangalha com o computador: xixi de formiga. Não de uma formiga, mas de uma multidão delas, urinando em uníssono sobre as delicadíssimas peças do aparelho. Nunca soube que formiga fizesse xixi, mas pode ser verdade, porque há outras coisas sobre formigas que ignoro. Não sei, por exemplo, se as formigas transam. E, se transam, será que o fazem através dos canais competentes ou usam alguma espécie de telepatia?

Enfim, façam ou não xixi, são as formigas que estão arruinando o meu computador. Nem que seja indiretamente. Porque pode ser também o formicida que despejei lá dentro para acabar com elas.

Brrr!!! Os *channas* estão chegando!

Durante os últimos 4 mil anos, temos nos reconfortado com a certeza de que as galinhas não têm dentes, de que cão que ladra não morde e de que cada macaco fica quieto no seu galho. Os mais velhos, no entanto, sabem que são apenas jogos de palavras, porque há exceções em todas essas instâncias. Há casos documentados de galinhas que criaram dentes, embora os poucos exemplares observados não estejam em laboratórios à prova de qualquer suspeita, mas em mafuás de roça ou de subúrbio, ao lado de vacas de cinco patas ou de Konga, a mulher-gorila. Sabe-se também que há cães que ladram e mordem ao mesmo tempo, principalmente se forem pit bulls, sendo que seus donos também costumam ladrar e morder. E, quanto a cada macaco no seu galho, este é um conceito filosoficamente falso, já que os macacos são notórios por viver pulando de galho em galho, sendo dificílimo fazer com que cada um se limite ao galho que lhe foi destinado.

Donde, para mim, não foi surpresa ao ler outro dia nos jornais sobre um peixe de água doce, de um metro de comprimento, chamado *channa asiatica*, que não apenas ataca e devora tudo o que vê pela frente, inclusive mamíferos, como — e aí está o terror da história — consegue sobreviver até três dias fora d'água. Daí que, desde já, podemos abolir a expressão "sentir-se como um peixe fora d'água". Porque os *channas*, pelo menos, sentem-se muito bem em terra firme.

Como o nome indica, o *channa* vem da Ásia, onde já existia havia milhares de anos sem que ninguém, exceto os asiáticos, tomasse conhecimento dele. Mas bastou que começasse a fazer estragos nos Estados Unidos e a se tornar uma ameaça para o ecossistema de rios e lagos americanos para mobilizar os guardas florestais, a polícia fluvial, os bombeiros, o FBI, a CIA, o Pentágono, a Casa Branca e a CNN, por ordem crescente de importância. Segundo relatos, há cardumes de *channas* aterrorizando sete estados: Havaí, Flórida, Califórnia, Maine, Massachusetts, Rhode Island e Maryland. Neste momento, nenhum outro peixe, sapo ou ave aquática dessas regiões está a salvo. E o pior é que, como os *channas* são peixes muito grandes, não há limite para o que podem atacar.

Mas como foi que o *channa* saiu da Ásia, atravessou os oceanos e foi parar nos rios americanos? Não a nado, certamente. A resposta é simples e, como sempre acontece, tudo começou da maneira mais inocente. Um grupo de criadores americanos de peixes, sabendo que os *channas* não eram de muitos luxos em comida, importou uma quantidade deles para fazer a limpeza de seus reservatórios — devorando as porcarias que se assentam nos fundos. Mas os *channas*, pelo visto, gostaram da dieta e se reproduziram de tal forma, que começaram a ser vendidos — vivos — para os supermercados dos Estados Unidos. De repente, espalhados pelos vários estados, foram vistos fazendo estragos, e isso intrigou o governo. Uma consulta às autoridades piscatórias chinesas revelou que os *channas* eram um perigo se deixados soltos e que, em algumas cidades da China, já tinham devorado até seres humanos. Pronto. Instalou-se o estado de alerta, e os americanos, que já vivem de olho nos céus por causa de ameaças terroristas, estão agora perscrutando também os rios e suas margens, temendo que algum *channa* saia caminhando das águas e venha atacá-los à traição.

Você está rindo? Pois saiba que, recentemente, um desinformado morador da cidade de Crofton, Maryland, comprou na feira meia dúzia de *channas* para fazer uma sopa. Mas como era peixe demais, sobraram vários e, julgando-os mortos, ele os jogou num lago perto de sua casa. Poucos dias depois, um casal de *channas* foi visto passeando pelas margens acompanhado de cerca de cem filhotes! E é isto que está aterrorizando os americanos. Se conseguem ficar até três dias fora d'água, os *channas* podem transpor por terra a distância entre um rio e outro, banhando-se eventualmente num lago ou lagoa (ou mesmo ficando alguns dias sem tomar banho), e, assim, espalhar-se por vastos territórios. Imagine se pegarem um afluente que leva ao rio Hudson e chegarem à querida e estressada Nova York.

E o pior é que não precisam de rios. Já há gente tremendo ante a visão de cardumes e mais cardumes avançando pelas autoestradas, atacando rebanhos bovinos que encontrem pelo caminho e resistindo aos lança-chamas das tropas convocadas para combatê-los. Os americanos não serão loucos de bombardeá-los com *napalm*, como fizeram no Vietnã, onde desfolharam e incendiaram quase o país inteiro. Tudo indica que terão de tomar medidas mais profundas.

Parece que uma delas já está sendo tomada. Uma junta de especialistas recrutados em várias agências federais descobriu que a solução pode ser a rotenona. Apesar desse nome de empresa especializada em matar barata, a rotenona é uma substância extraída da raiz do barbasco, que é uma planta originária das margens do rio Amazonas, no Brasil. A rotenona, jogada nos rios, deixará os *channas* meio grogues, o que facilitará a sua captura. Como se vê, mais uma vez a fabulosa biodiversidade brasileira vem em socorro da humanidade.

Tudo bem, a rotenona poderá liquidar os *channas* que ainda estiverem dando sopa nos rios. Mas, e os *channas* que já se evadiram e, na calada da noite, estão perambulando pelos bosques e estradas do interior dos Estados Unidos? A esta altura, podem ser milhares, milhões. E quem garante que, para se defender, já não chegaram a desenvolver hábitos humanos, um deles o de matar seletivamente?

Pensando bem, até que esta pode ser a solução. Se os *channas* estiverem passando por essa mutação, tudo ficará mais fácil. A exemplo dos humanos americanos, eles serão proibidos de fumar em bares e restaurantes, qualquer galanteio a uma fêmea será considerado assédio sexual e sua rica dieta será substituída por Big Macs. Não será surpresa se muitos resolverem voltar para a Ásia.

Enfim, um rato herói

Eu sei que parece difícil de acreditar, mas acabou de acontecer. Um rato salvou uma família de morrer num incêndio numa cidade litorânea inglesa chamada Torquay, a não sei quantos quilômetros de Londres.

Um rato salvou uma família de morrer num incêndio? Isso mesmo. Claro que o rato não apareceu de repente entre as chamas, pôs nas costas cada membro da família e o levou a salvo para a rua, enquanto a casa acabava de queimar. Foi bem mais simples, mas não tira os méritos do rato.

A família consistia da mãe, Lisa, e suas filhas, Megan, nove anos, e Shannon, três. O pai, se existe, devia estar alhures. O rato era um ratinho branco, desses de laboratório, de sexo e idade indefinidos, chamado Fido. Havia também na casa um pastor-alemão, Boris, mas sua participação foi tão vergonhosa, que, por enquanto, é melhor esquecê-lo.

A história foi assim. A família dormia quando um curto-circuito no aquecedor elétrico do andar térreo provocou uma faísca. Como você sabe, não há nada como uma faísca para pegar fogo, principalmente naquelas casas inglesas cheias de veludos, cortinas, carpetes e as obras completas das irmãs Brontë. O fogo se alastrou com rapidez por todo o andar. A família dormia no andar de cima, sem suspeitar de nada.

Mas nosso herói, o ratinho Fido, dormia em sua gaiola no térreo. Quando a temperatura começou a subir, ele ficou incomodado. Banhado de suor e vendo as chamas se aproximarem, Fido não se conformou com a possibilidade de virar churrasco. Movido por um inusitado instinto de sobrevivência e munido de uma força da qual nem ele desconfiava, conseguiu abrir a porta de sua gaiola. Bem, o que um rato sensato faria ao se ver numa casa em chamas? O mesmo que os ratos fazem num navio que vai afundar: cair fora. Diz a tradição que, quando veem as coisas pretas, os ratos são os primeiros a se salvar.

Não Fido. Ele fez algo inédito na longa e até então nada heroica história dos ratos: enfrentou o incêndio e atravessou o carpete em chamas rumo à escada que dava para o andar de cima. A escada também já começava a arder. Arrostando bravamente as labaredas, Fido chegou ao segundo andar seguido pelas línguas de fogo que o perseguiam como busca-pés. A porta do quarto das crianças estava fechada — e, por mais criativo que seja, nenhum rato tem força ou altura para abrir uma maçaneta. Então, o que fez Fido? Começou a guinchar e arranhar a porta para chamar a atenção de Megan, a filha mais velha.

Não se sabe direito quanto tempo levou, mas Fido fez tanto barulho que acordou Megan. Ela reconheceu seus guinchos, espreguiçou-se, vestiu o penhoar, calçou os chinelos e foi abrir a porta. Só então deu com Fido todo chamuscado e sentiu o bafo das chamas lá embaixo. Sua casa estava pegando fogo. Claro que ela acordou sua mãe, as duas recolheram a irmã e o próprio Fido e se escafederam antes que a casa viesse abaixo. E, no caminho para a fuga, ainda fizeram a caridade de acordar Boris, o pastor-alemão, que roncava na cozinha, a poucos metros do fogo, e ainda não percebera nada.

Daí a pouco chegaram os bombeiros. Debelaram o sinistro, como se dizia na velha imprensa, e, durante o rescaldo, descobriram a causa — a faísca. Mas os repórteres quiseram saber como a família se salvara. A pequena Megan contou como fora acordada por Fido. A partir daí, foi fácil reconstituir a cena, e os jornais ingleses deram com grande destaque no dia seguinte: "Rato salva família de morrer em incêndio."

Esse é o tipo de assunto que todo mundo adora, e mais ainda se for inglês. Durante vários dias, Fido tornou-se herói nacional na Inglaterra. Houve peregrinação a Torquay para conhecê-lo. A BBC fez um docudrama com a história. Os tabloides ouviram o príncipe Charles. Cogitou-se de uma estatueta de Fido no museu de Madame Tussaud. A indústria britânica confeccionou camisetas, bonés e bonecos com a sua figura. Em Londres, a venda de ratos brancos nas lojas de animais cresceu 78%, quase todos batizados de Fido.

E a dos pastores-alemães, depois do fiasco de Boris, caiu a zero.

Rãs sem cabeça

Às vezes me pergunto se o excesso de informação não deixa a pessoa ligeiramente intoxicada. Consumimos informação demais, e isso deve ter um preço. Eu, por exemplo, de tanto passar o dia lendo livros, jornais, revistas, *releases* e bulas, além do lixo que chega pelo correio e pela internet, sinto que, de vez em quando, alguns milhões de neurônios pedem férias do meu cérebro. Com isso, fico momentaneamente lerdo para processar certas informações. Outro dia, por exemplo, li no jornal um telegrama vindo de Londres: "Pesquisadores da Universidade de Bath, na Grã-Bretanha, clonaram embriões de rãs sem cabeça. Os responsáveis pela pesquisa acreditam que o processo possa ser repetido em humanos."

Bem, li isso durante o café da manhã como se fosse a coisa mais natural do mundo e passei adiante, talvez para a página de futebol ou de obituários, a fim de zerar o Q.I. E só alguns minutos depois, numa espécie de reação retardada, é que engasguei com a torrada. Os cientistas clonaram rãs sem cabeça e querem fazer o mesmo com humanos. Ou seja, querem fabricar seres humanos sem cabeça?

Sou capaz de entender as vantagens de se criarem rãs que já venham sem cabeça. Poucas rãs deram alguma contribuição intelectual à humanidade — o pensamento não é uma de suas maiores especialidades. Além disso, rãs sem cabeça representariam grande economia de tempo para os cozinheiros dos restaurantes, já que a única coisa que se aproveita delas são as pernas e, mesmo assim, à milanesa. Mas, para que os cientistas se dariam ao trabalho de criar seres humanos sem cabeça, se já há por aí milhares, milhões, para quem ela não serve para nada, exceto para usar um boné ao contrário?

Fui ler o resto da notícia e entendi. Os humanos sem cabeça serviriam apenas como bancos vivos de órgãos para transplante. Sem cabeça, não teriam consciência ou sentimentos ("alma", para o vulgo), donde poderiam ter um fígado ou piloro extirpado sem remorsos sempre que surgisse um cliente necessitado. As tais rãs não passariam de pilotos de prova da experiência que visa criar humanos acéfalos — o que não impede, é claro, que possam ser criadas e vendidas para restaurantes.

Não sei se acho boa essa ideia de produzir seres humanos sem cabeça. Parece meio monstruoso criar sujeitos que nunca contemplarão um pôr do sol no Arpoador, nunca verão a Luma de Oliveira à frente de uma bateria de escola de samba e nunca irão ao estádio para torcer por um time — mesmo que a ausência deste último item lhes poupe uma porção de aborrecimentos. Do ponto de vista estético, então, é que a coisa me parece mais que discutível.

Tudo bem, o sujeito não terá cabeça. Mas terá pescoço? No caso de haver pescoço, este será cotó ou irá se enroscando e afinando até terminar em ponta? No caso de não haver pescoço, não ficará ridículo um tronco que tenha os ombros como ponto culminante? Não será mais aconselhável equipar o cidadão com uma cabeça de manequim de vitrine, nem que seja para ficar menos chocante nas fotografias?

Eu sei, essas são apenas as preocupações de um leigo. Os cientistas britânicos já devem ter pensado em tudo. Inclusive na possibilidade de criar cabeças sem corpo, no caso de haver uma demanda em massa de transplantes de cérebro. Essa, sim, me parece uma boa ideia. Eu próprio já não sei onde ando com a cabeça.

Prazeres da carne

Quando se veem num daqueles dias sem assunto, os jornais vão às gavetas e pescam um telegrama alertando contra os tremendos riscos para quem come carne vermelha. Embora os jornalistas sejam, em grande maioria, carnívoros, eles sabem que esse é o tipo de notícia que nenhum incauto deixa de ler.

A fonte do telegrama é sempre uma revista americana sobre a qual não resta a menor dúvida, como a respeitada *International Journal of Cancer* ou a não menos famosa *Horrendous Diseases Report*. Você lê a matéria, e seu aparelho digestivo começa a desprender chispas, faíscas e ruídos — sem dúvida, ecos dos 415 maravilhosos bifes que você devorou nos últimos meses. Outro dia os jornais deram uma dessas matérias e, como todas do gênero, cheia de detalhes repulsivos. Os cientistas disseram que "quem come carne vermelha mais de treze vezes por semana corre o dobro do risco de ter câncer no estômago ou esôfago do que alguém que nunca come carne vermelha". Note bem: "mais de treze vezes por semana."

Bem, vejamos. Isso quer dizer que não há problema em comer carne vermelha *até* treze vezes por semana? Se for assim, vamos cair nos braços uns dos outros e pedir ao garçom mais uma fatia de maminha. Mas suponhamos que, por um erro de tradução do telegrama, a matéria quisesse dizer que o número fatal são exatamente as treze vezes. Pois, mesmo nesse caso, quem está correndo risco? Carne vermelha treze vezes por semana significa almoçar e jantar carne vermelha *todos* os dias, exceto, talvez, na noite de domingo. E, por mais que goste de carne vermelha, nem o leão da Metro aguentaria essa dieta. Muito melhor (e, sabemos agora, mais saudável) é variar um pouco. Por sorte, o mundo está cheio de alternativas à diabólica carne vermelha. Eis algumas.

Segunda-feira: carne vermelha no almoço e vatapá com moqueca de siri-mole no jantar. Terça: carne vermelha no almoço e galinha ao molho pardo no jantar. Quarta: carne vermelha no almoço e buchada de bode no jantar. Quinta: carne vermelha no almoço e pirarucu *à belle meunière* no jantar. E por aí afora, com uma pequena variação no sábado, que constaria de uma feijoada no almoço e, aí sim, a carne vermelha no jantar. No domingo, a carne vermelha do almoço poderia ser rebatida com um frugal *alka-seltzer* no jantar. Com isso, você terá reduzido o seu consumo de carne vermelha a sete vezes por semana, o que significa que o seu risco de contrair câncer caiu para a metade. Ou seja, exatamente igual ao de quem nunca come carne vermelha.

E, segundo os cientistas ouvidos pelos jornais, esse risco pode ser reduzido ainda mais. Basta que, ao pedir o seu filé no restaurante, você exija que ele venha malpassado. Isso mesmo: segundo os médicos, a carne bem-passada é um veneno. Contém "substâncias agregadas ao cozimento que agridem os tecidos e podem levar à formação de tumores". A partir de agora, portanto, você poderá exercitar sem o menor remorso a sua antiga e secreta preferência pelas postas meigas e sangrentas da picanha, que o fazem sentir-se quase um irmão do boi que acabou de ser depositado no seu prato. Ninguém, nem mesmo sua nova namorada vegetariana, poderá despejar-lhe um daqueles olhares de faquinhas, como se você fosse um abominável canibal. E, se ela se atrever a isso, você dirá que está apenas seguindo conselhos médicos.

Você talvez queira saber como os cientistas chegam a essas impressionantes conclusões. A resposta é a de sempre: torturando ratos em laboratórios. Para a tal pesquisa sobre a carne vermelha, uma colônia de ratos americanos foi obrigada a comer *steaks* ao sal grosso durante meses, sem o benefício de um chope e de reles prato de fritas, até que os doutores chegassem a uma conclusão. Não admira que, ao fim da pesquisa, metade dos ratos tivesse se tornado vegetariana, e a outra metade tivesse preferido contrair câncer.

Um desses laboratórios planeja agora estudar o risco de o queijo também provocar câncer. Mas parece que, desta vez, usarão cobaias humanas.

Tráfico de aranhas

Um jovem alemão foi preso outro dia no aeroporto do Galeão tentando embarcar para seu país com 112 aranhas caranguejeiras brasileiras. Nenhuma das aranhas tinha cartão de embarque ou fora declarada na bagagem. Da mesma forma, o alemão não conseguiu apresentar a nota fiscal provando que tinha comprado as aranhas no comércio. Donde, concluiu a polícia federal, era um caso típico de tráfico de aranhas.

A evasão de animais silvestres é uma loucura no Brasil. A cada dia, cada hora e cada minuto, através de nossas vastas fronteiras, saem micos, cotias, periquitos, arapongas, jacarés, marrecos, pererecas, gaturamos, bagres e toda espécie de bicho. Em troca, entram armas, drogas e discos de Celine Dion. A combinação do que sai e do que entra seria suficiente para devastar qualquer país, mas, por algum milagre, o Brasil continua de pé. O equilíbrio ecológico só não é seriamente afetado porque, hoje, qualquer família de pererecas, por exemplo, já sabe que será obrigada a produzir o triplo de pererequinhas — para atender à demanda dos contrabandistas e, ao mesmo tempo, não ter sua descendência evaporada do pântano.

Micos, periquitos e pererecas são alguns dos campeões do contrabando, mas não é a primeira vez que um gringo tenta sair do Brasil com caranguejeiras e outros patrícios na bagagem. Há pouco tempo, um japonês foi apanhado no mesmo Galeão levando na mala, entre as meias e cuecas, uma colônia de minhocas. Ao ser interrogado pelo Ibama, o japonês não conseguiu provar que exercesse nenhuma atividade agrícola ou piscatória em seu país. Donde a polícia federal concluiu que as minhocas estavam sendo levadas para o Japão para fins imorais. A suspeita se confirmou quando se descobriu a existência em Tóquio de um grupo de senhoras japonesas que, insatisfeitas com seus maridos, estavam usando minhocas como vibradores.

A situação do japonês se complicou porque, além do contrabando, ele foi acusado de estar praticando tráfico sexual. Um caso semelhante foi o da exportação clandestina de cágados da Amazônia para um bordel de animais na Tailândia. Não me pergunte para que serviam os cágados. A polícia está de olho nesse tipo de operação porque, depois da concentração de piranhas brasileiras nos bosques de Paris, os gringos começaram a achar que tratamos tão mal a nossa fauna que ela resolveu emigrar em massa. Imagine se as minhocas e os cágados tivessem conseguido sair. Até o Itamaraty provar que eles não saíram por conta própria, mas que foram arrastados à força, o pouco que resta de nossa imagem no exterior teria ido para a cucuia.

O tal alemão que tentou escapar com as caranguejeiras destinava-se a Dusseldorf, cidade famosa pelo tarado que circulava em suas ruas no começo dos anos 30 — fizeram até um filme a respeito. Por aí se vê que para boa coisa as nossas caranguejeiras não iriam servir em Dusseldorf. Mas não pense que elas estariam necessariamente no papel de vilãs. Dizem os cientistas que, apesar do nome assustador, as caranguejeiras são quase tão inofensivas quanto as libélulas ou os beija-flores. Uma picada de seu ferrão despeja uma dose mínima de veneno — nada que um bom chupão na picada e um soro na veia não resolvam. Donde, de tão catitas, as caranguejeiras só podiam estar embarcando para servir de animais domésticos para algum grupo neonazista. Ou para se transformarem em vacinas, antídotos ou, quem sabe, serem ilegalmente clonadas. Nenhuma das hipóteses faria bem à saúde das nossas aranhas.

Já que os gringos estão tão interessados na fauna brasileira, por que não se detêm num bicho que, embora não seja nossa exclusividade, é o que tem demonstrado o maior poder de imaginação, adaptação e resistência em toda a escala zoológica? Sai governo, entra governo, e lá está ele, indestrutível — de todos os tamanhos, formas e cores políticas. Sim, você adivinhou: o corrupto. Se os gringos passassem por aqui e abarrotassem navios com ele, ainda nos sobrariam exemplares até o ano 3000.

O tatu ataca

À falta do Nobel, o IgNobel. Dois cientistas brasileiros foram contemplados com o prêmio conferido anualmente pela revista americana *Annals of Improbable Research*, que contempla "trabalhos científicos que primeiro fazem rir e, depois, pensar". O IgNobel é distribuído na mesma época que o Nobel, mas sem tanto alarde. Só lhe farão justiça quando um cientista ganhar os dois no mesmo ano.

Mas, enfim, Astolfo Mello Araújo e José Carlos Marcelino, da USP, levaram o IgNobel de Biologia por sua tese sobre como "o curso da história ou, pelo menos, o conteúdo das escavações em um sítio arqueológico pode ser remexido pelas ações de um tatu vivo". Não ria. O assunto é mais sério do que parece.

Um tatu pode fazer misérias debaixo da terra, como deslocar um caco de vaso etrusco enterrado há 3 mil anos, a 12 metros de profundidade, e situá-lo ao lado de um urinol florentino do século XV e de um LP de Rita Pavone de 1964 — e trazer tudo isso à flor da terra ao mesmo tempo, enlouquecendo os arqueólogos. Tatus, como se sabe, são bichos sem muito rigor histórico e, para eles, tanto faz que as camadas da terra virem uma farofa sem pé nem cabeça.

Astolfo e José Carlos chegaram à sua conclusão simulando um sítio arqueológico no zoo de São Paulo, usando tatus ali residentes. De repente, nem eles se entendiam: por mais absurdo, um par de suspensórios de Menotti Del Picchia, de 1919, coabitava no mesmo buraco com um pé de chuteira do palmeirense Waldemar Carabina, de 1957, e com a agenda telefônica de Bruna Surfistinha, de 2004, como se fosse tudo de uma época só.

É também a sensação que tenho ao ler festejados livros de memórias, publicados entre nós recentemente. Um tatu passou por aquelas páginas e misturou anos, décadas, até séculos.

Visitas exóticas

Quando Carmen Miranda chegou aos EUA, em 1939, perguntaram-lhe se era verdade que no Rio havia cobras circulando pelas ruas. Ela respondeu: "É. Tanto que, em Copacabana, temos uma calçada só para elas." Estava brincando, claro, mas nem tanto. Ensanduichado por mar e montanha, o Rio sempre recebeu visitas exóticas.

Há dez anos, uma jiboia de 2 metros foi capturada ao passear alegremente pela Praça XV. Tempos depois, um jacaré-de-papo-amarelo se materializou num quartel da PM em Sulacap, zona oeste. E, mais há pouco, tubarões deram um bordejo até a Barra para apreciar o futevôlei. Só faltou um bando de urubus-jerebas aparecer para o almoço na churrascaria Porcão.

Só que, agora, está demais. Nesta época do ano, um ou outro pinguim sempre deu com os costados por aqui, mas, com o desmanche das geleiras, famílias inteiras estão chegando às nossas praias. Outro dia, o tenista Guga foi visto surfando no Arpoador com um pinguim no colo. Sem falar nos micos. Todos os dias, macacos-prego escalam prédios e penetram em apartamentos na Tijuca. Na semana passada, um sagui desceu da árvore e entrou pela porta da frente do Shopping da Gávea. Foi apanhado e devolvido à árvore, mas não se conformou: desceu dela e entrou de novo pela mesma porta.

O que significa isso? Que os bichos parecem achar a cidade mais saudável que seus ambientes naturais. Estamos infernizando de tal maneira seus habitats que alguns deles deveriam cobrar taxa de insalubridade para continuar morando no mato.

Acha exagero? Imagine as araras, residentes seculares do morro Chapéu Mangueira. Hoje têm de competir em alarido com bailes funk, comícios evangélicos e rajadas de metralhadoras. Vencidas pela zoeira, já se sabe de araras a fim de fazer voto perpétuo de silêncio.

Ovos

Uma das perguntas que, por séculos, fizeram a Humanidade perder o sono foi aquela: Quem veio primeiro, o ovo ou a galinha? Desde os gregos, essa singela formulação deu origem a complexos sistemas filosóficos e fez com que mais de um estudante repetisse o ano por não entender os nexos de causa e efeito e conceitos que tais.

De algum tempo para cá, a pergunta perdeu o sentido porque, inevitavelmente, a ciência chegou a uma resposta dada como definitiva. O ovo veio primeiro — decretaram os cientistas, despachando a galinha para um humilhante segundo lugar. Essa afirmação foi recebida com desgosto pelos torcedores da galinha, entre os quais eu, mas não há nada a fazer quando a ciência se mostra tão categórica.

Pelo que entendi, o ovo foi se formando aos poucos, fora do corpo de qualquer ser, a partir de moléculas oriundas de certos répteis, os quais seriam os remotos avós da galinha. As tais moléculas teriam se desprendido dos répteis e se agrupado num ovo vadio e ao ar livre, mas não me pergunte como isso aconteceu — sempre fui um fiasco em biologia. Enfim, o ovo foi se formando e, quando chegou ao ponto, fez creck e nasceu a primeira galinha. E, a partir daí, as galinhas se encarregaram de produzir seus próprios ovos.

Quero crer que o processo que regula as relações entre o ovo e a galinha se repita nas relações entre o ovo e a serpente. Donde, para mim, botar as Forças Armadas para fazer o papel de polícia, subindo morros e convivendo com traficantes, como às vezes acontece, é dar elementos a que elas se tornem um ninho de serpentes e, quando essas começarem a gerar seus próprios ovos, não haverá mais volta.

Com todo o respeito pelas serpentes, claro. As coitadas são pinto em letalidade diante dos humanos com quem as comparei.

Terra, mar e ar

No último domingo, no Paraná, o padre Adelir de Carli atrelou-se a mil balões de festa cheios de gás hélio e soltou-se no espaço, disposto a bater o recorde mundial de permanência no ar nesta categoria de balonismo. Deve ter batido porque, até este momento, não regressou à base. Mas há razões para temer que ele não poderá saborear sua façanha no Guiness.

Na terça-feira à noite, um terremoto de 5,2 graus na escala Richter sacudiu São Paulo, assustando milhões e provocando faniquitos nos estados vizinhos. Pode ter sido aterrador pelo ineditismo, mas não vamos nos jactar. Em termos internacionais, a gradação foi tão mixuruca que, num mano a mano com os números de Tóquio, Los Angeles e Istambul, o tremor de São Paulo não pegaria nem aspirante.

Por fim, na manhã de quinta, tivemos a tsunami de Niterói — na verdade, apenas uma super-ressaca, mas que provocou ondas de 3 metros na baía de Guanabara e quase afundou um catamarã com centenas de passageiros. Poderia ter sido uma tragédia, mas não foi. Por isso, os surfistas tiraram as pranchas dos armários, atiraram-se ao mar e fizeram a festa.

Se acreditasse nessas coisas, eu diria que alguma estamos aprontando, para que o perigo nos ronde em terra, mar e ar. Mas parece não haver relação entre essas quase calamidades. Os técnicos garantem que o maremoto não foi causado pelo terremoto. E espera-se que nenhum dos dois tenha sido causado pelo voluntarismo e pela imodéstia do padre.

Uma antiga coleção de livros de aventuras, que toda a minha geração leu, chamava-se Terramarear. Fosse num deles, quando a terra começasse a tremer e as ondas se jogassem em fúria contra a orla, o padre surgiria cavalgando os céus, suspenso por seus balões coloridos, e poria a natureza em seu lugar.

Lugar Histórico/Olhar Cultural

Proibido não ser perfeito

No sábado último, em belo artigo, o Caderno 2 do *Estado* anunciou "A morte da voz humana". Nenhum exagero no título. O Auto-Tune — o software que "corrige" a afinação dos cantores — está criando padrões de perfeição inatingíveis para humanos, oferecendo a recompensa sem esforço e tornando dispensáveis a vocação, o talento e o mérito na música popular. "É como se Ronaldinho Gaúcho usasse uma chuteira que acertasse o gol por si. Treinar pra quê?", pergunta o autor.

O grito foi dado por quem tem toda autoridade para fazê-lo: João Marcello Bôscoli, 40 anos, músico, produtor e diretor de gravadora. Como se não bastasse, filho de Elis Regina e do compositor Ronaldo Bôscoli, um dos criadores da bossa nova, e que teve como padrasto o pianista César Camargo Mariano, com quem Elis se casou ao se separar de Bôscoli. Nunca houve gente mais exigente em música.

Para João Marcello, pior até do que dar afinação a quem não tem, o Auto-Tune está fazendo com a voz o que o Photoshop fez com a pele humana. Assim como o Photoshop "gerou um padrão estético onde poros, rugas de expressão, pelos e outras características se tornaram defeitos", o Auto-Tune passa o rodo e "corrige" tudo o que considera imperfeito no cantor: afinação, respiração, pausas, volume, alcance — sem se importar se pertencem à sua expressão e emoção.

Ele vai mais longe: "Hoje em dia tomamos remédio quando sentimos tristeza, comemos lixo pré-mastigado quando temos fome, dopamos as crianças quando estão agitadas, passamos horas no computador quando nossa vida parece desinteressante" etc. — e "usamos softwares de afinação quando temos um cantor desafinado".

O filho da cantora mais afinada do Brasil defende os desafinados no que eles têm de mais precioso: sua falível condição humana, essencial à obra de arte.

Cura-se qualquer doença

Certa vez, meu amigo Fernando Pessoa Ferreira propôs fundarmos uma igreja, o Umbandismo Marxista do Oitavo Dia, instituição sem fins lucrativos, com renda destinada a uma associação de órfãos em Miami. Mas arranjamos emprego e a ideia foi abandonada. Outro dia, Fernando repassou-me e-mail que circula pela internet, com exemplos de homens que, ao contrário de nós, mantiveram acesa a chama da fé desinteressada.

Um deles, o profeta Luís Cláudio, de Matosinhos, Portugal, anuncia-se como "ex-travesti, ex-presidiário, ex-bruxo e ex-portador do vírus da Aids, agora casado com uma mulher que não tinha útero e tendo dois filhos com ela". Promete milagres. A conferir.

Mais impressionante é o brasileiro Carlos Magalhães, "engenheiro, matemático, psicólogo, filósofo, poeta e compositor", que diz ter sido indicado para o prêmio Nobel de Fisiologia pela descoberta da quarta parte da mente humana, denominada "essência". Descobriu também como transformar a água do mar em água doce e potável, "evitando com isso a extinção da Humanidade" — terá sido boa ideia? Seguem-se no anúncio os dados bancários para depósitos.

Outro benemérito é José Cosmo da Silva, que oferece "garrafadas" salvadoras para "diabete, colesteró, bronquite, presão alta, grastite, enflamação no últero, esmagrece, enflamação da prosta, menopalza, levanta a moral e disgasto físico". Falta-lhe um pouco de português, mas, se precisar, vou recorrer a uma dessas garrafadas. Afinal, no meu tempo, bebi coisas muito piores.

Mas meu favorito é o Pai Ambrósio: "Resolvo problemas amorosos e profissionais. Curo qualquer doença (até viadagem). Curo qualquer vício. Encontro cão perdido. Tiro unha encravada e fimose. Jogo cartas, bingo e bilhar." A quem quiser, posso passar o telefone.

Da janela vê-se

Como até as pirâmides do Egito já sabem, mal o nosso Cristo foi eleito uma das sete novas maravilhas do mundo começou o choro dos perdedores. Países europeus que não tiveram seus monumentos escolhidos, um deles a querida Espanha, atribuem a vitória do Cristo ao número de habitantes do Brasil.

É verdade, o Brasil tem mais habitantes que a Espanha. A China também tem mais habitantes que a Espanha e, por isso, elegeu a sua Muralha. A Índia também tem mais habitantes que a Espanha e, por isso, elegeu o Taj Mahal. Convém não insistir nesse argumento, porque o Flamengo também tem mais torcedores do que a Espanha tem de habitantes, e nem por isso elegeu o Obina como uma das novas maravilhas do mundo.

Em Paris, a Unesco criticou a escolha das maravilhas por não obedecer aos seus critérios científicos e limitar-se a quem tinha acesso à internet ou ao telefone. Bem, a maior parte da humanidade tem hoje acesso à internet ou ao telefone. O que a Unesco queria? Que só valessem os votos por pombo-correio?

Conclui-se que a Unesco, se já existisse, não avalizaria também a lista das sete maravilhas do mundo antigo, porque esta seguiu critérios ainda menos científicos. Foi feita por um único eleitor: o matemático bizantino Fílon, que, em 200 a.C., viajou por cecas e mecas para elaborá-la. Sabe-se lá se, naqueles idos, Fílon não levou algum por fora para eleger o Colosso de Rhodes em vez de algum monumento na Mogúncia ou na Antioquia?

O mundo ficou melhor ao reconhecer o Cristo como um belo monumento a visitar. Mas o que importa é que sua eleição representará turistas, divisas e empregos para o Rio, que os merece, e ajudará a reverter um vergonhoso fato: o de que todo o Brasil, grande e bobo como é, recebe menos turistas por ano do que a Torre Eiffel.

Atalhos oportunistas

Nelson Rodrigues dizia que, se todos conhecessem a vida sexual uns dos outros, ninguém cumprimentaria ninguém. Outro dia, o cientista político Bolívar Lamounier afirmou algo parecido: que, se fosse possível punir toda a corrupção vigente no país, metade da população teria de ir para a cadeia. E foi ainda mais duro no diagnóstico: "O Brasil é essencialmente corrupto."

Para Lamounier, a corrupção — que não dorme, é solerte — tende a aparecer mais em surtos de crescimento econômico. Faz sentido: quanto mais dinheiro em jogo, mais se rouba ou se tenta roubar. Por sorte, não estamos sozinhos. Para ele, Rússia, Japão, Coreia do Sul, China, França e Estados Unidos nos têm feito excelente companhia no pântano.

Uma causa da tendência brasileira a esses, digamos, atalhos oportunistas seria nossa visão, herdada dos anos 50, de que o desenvolvimento produziria uma população "melhor", mais bem educada e com tantas oportunidades que não comportaria o crime. É verdade, achava-se mesmo isto. No dia em que a maioria dos brasileiros se vestisse na Ducal, tivesse um Fusca na garagem e conta no Banco Nacional, o Brasil seria o paraíso.

Bem, o desenvolvimento chegou, a Ducal, o Fusca e o Nacional já eram, e a corrupção não diminuiu. Ao contrário, aumentou. Aquela visão otimista e evolucionista, segundo Lamounier, estava errada. O problema é que ainda acreditamos em Jean-Jacques Rousseau, para quem as pessoas são boas, e é a sociedade que as corrompe.

Melhor seria, diz ele, se fizéssemos como os americanos e acreditássemos em Thomas Hobbes. Para Hobbes, as pessoas são más, e é preciso ficar de olho nelas. Mas, num país em que a PM mata inocentes, a Justiça solta criminosos e os piores exemplos vêm de cima, quem vai ficar de olho em quem?

Alcatrão e penas

Sempre que há eleições no horizonte, minha caixa de correio, postal ou eletrônica, fica entulhada de listas de candidatos a toda espécie de cargos e os supostos crimes de que já foram acusados ou pelos quais estejam respondendo. Digo supostos por "politesse" — porque desconfio de que não sejam acusações sem fundamento e que eles ainda devem ter escorregado em outras marmeladas, apenas não flagradas.

Não sei quem compila essas listas, mas imagino que seja alguém com um estômago de ferro, para passar o dia acompanhando o histórico de tais personagens e ainda conseguir sair para jantar. A seguir, alguns dos crimes no cardápio de centenas dos atuais políticos, todos candidatos potenciais à reeleição.

Desvio de dinheiro público, sonegação fiscal, falsidade ideológica, estelionato, peculato, apropriação indébita, formação de quadrilha, improbidade administrativa, lesão corporal, prevaricação, corrupção ativa, corrupção passiva, crime ambiental, crime eleitoral, crime contra a ordem tributária, crime contra o sistema financeiro, lavagem de dinheiro, declaração falsa de imposto de renda, porte ilegal de arma, extorsão, gestão fraudulenta, compra de votos e até crime de escravidão — a lista é imensa, mas o espaço é pouco.

Alguns dos escândalos de que esses elementos foram protagonistas ainda devem estar na memória dos eleitores, embora a maioria destes não saiba que desfecho tiveram: sanguessugas (escândalo das ambulâncias), mensalão, mensalinho, dólares na cueca, CPI dos Correios e até uma dança em plenário comemorando a absolvição de um acusado de corrupção.

Sugiro que, para facilitar sua identificação pelo povo, uma lei obrigue todo político suspeito de falcatrua a só aparecer na televisão coberto de alcatrão e penas.

Plataformas ousadas

Há momentos do dia em que você não está na plena posse de seus sentidos. Ao acordar, por exemplo. Leva alguns minutos para o cérebro chegar a um estado de alerta em níveis aceitáveis. Esta semana, ao ser despertado pelo rádio no horário da propaganda eleitoral gratuita, ouvi um candidato a vereador prometendo que iria lutar pelo combate à ejaculação precoce.

Num primeiro instante, ainda com um déficit de neurônios em ação, achei que era uma plataforma original. De fato, nada mais frustrante para a maioria dos eleitores do que a sensação de urgência e descontrole típica de quem sofre daquele problema. Um vereador que se empenhasse na erradicação dessa disfunção sexual não só estaria cumprindo sua obrigação de homem público, ou seja, trabalhando em prol da comunidade, como servindo de referência para seus pares na política.

Sim, porque, de repente, outro candidato a vereador poderia se empolgar e prometer destinar recursos para a pesquisa da cura definitiva do lumbago. Um colega seu, mais ambicioso, dedicaria seu mandato a tentar deter o deslocamento das placas de gelo que estão se desprendendo do Círculo Ártico. E um terceiro, modesto, se disporia a promover rifas e tômbolas em sua região para financiar a busca do avião do band-leader Glenn Miller, desaparecido sobre o Canal da Mancha desde a Segunda Guerra.

O rádio continuou falando, e só então me dei conta de que, assim que o dito vereador entrara no ar, eu voltara a dormir e tinha acordado no meio de uma entrevista com um médico sobre ejaculação precoce. Como não me dera conta de que cochilara, acordei achando que era a mesma pessoa no ar.

Errinho à toa. Por ignorância ou má-fé, nossos candidatos à vereança vivem mesmo prometendo coisas que não são de sua conta.

Maiorais

Bom da cabeça, mas meio lerdo do pé, o Instituto do Patrimônio Histórico e Artístico Nacional reconheceu o samba carioca como "patrimônio cultural imaterial do Brasil". Antes dele, o frevo e o jongo já tinham merecido essa homenagem, e o samba de roda da Bahia, indicado pelo Iphan, foi reconhecido pela Unesco como "obra-prima do patrimônio oral e imaterial da humanidade".

Um dos motivos para o tombamento do samba é o seu papel como fator de identidade nacional: nenhum outro ritmo brasileiro foi praticado em tal escala e por tanto tempo — desde 1917, com o sucesso do samba-maxixe *Pelo Telefone*. Nesses noventa anos, o samba esteve por cima, esteve por baixo e, agora, começa a ficar por cima de novo. O Brasil respira melhor quando ele é a corrente principal da sua música popular.

Estranha nesse reconhecimento que tenham sido destacadas três de suas formas: o partido-alto, o samba de terreiro e o samba-enredo. As outras 27 não contam? Que fim levaram o samba rasgado, o samba de Carnaval, o samba-choro, o samba-canção, o samba de breque, o samba-

-exaltação, o samba-*boogie,* o samba de gafieira, a bossa nova, o sambalanço, o samba-*jazz* etc., apenas entre as variantes criadas no Rio?

Como se Sinhô, Ary Barroso, Noel Rosa, Luiz Peixoto, Ismael Silva, Bide, Marçal, Custodio Mesquita, Wilson Batista, Ataulpho Alves, Assis Valente, Alcyr Pires Vermelho, Synval Silva, Roberto Martins, Bororó, Benedito Lacerda, J. Cascata, Vadico, Vicente Paiva, Pedro Caetano, Walfrido Silva, Gadé, Herivelto Martins, Dorival Caymmi, Antonio Almeida, Denis Brean, Janet de Almeida, Haroldo Barbosa, Geraldo Pereira, Claudionor Cruz, Antonio Maria, Luiz Reis, Billy Blanco e Tom Jobim, para ficarmos só com alguns compositores pré-1960, não fossem sambistas, e dos maiorais.

Ao alcance da nossa gratidão

Em 1808, o príncipe regente D. João VI chegou ao Rio com sua Corte. Mudou a nossa história e passou a maior parte dos 200 anos seguintes sendo chamado de gordo, feio, porco, devorador de frangos, fraco, indeciso, ocioso e, como se não bastasse, corno. Bela maneira de agradecer ao homem que nos inventou como nação, ao transferir para cá a coroa, o trono e a estrutura administrativa da metrópole — e nos fazer metrópole.

Por que D. João — ou rei D. João VI, a partir de 1816, quando sua mãe, a rainha D. Maria I, morreu — foi tão maltratado por nossos historiadores? Porque, durante o século XIX, a proximidade dos fatos não permitia uma perspectiva adequada. Além disso, a historiografia brasileira era quase uma extensão da portuguesa, e os historiadores lusos nunca perdoaram D. João VI por ter "fugido" para o Brasil.

De 1889 em diante, com a República, tudo que viesse da Monarquia tinha de ser diminuído, e cristalizou-se uma imagem negativa de D. João. A exceção foi Oliveira Lima, com seu definitivo

D. João VI no Brasil, de 1909 — não por acaso, ele era malvisto como "monarquista".

A principal fonte dos ataques a D. João foi *A Corte de D. João no Rio de Janeiro,* do popularíssimo Luiz Edmundo, publicado em 1937 — poucos exerceram a lusofobia com tal maestria da língua portuguesa. Edmundo leva 656 páginas descrevendo um D. João ridículo, repulsivo, flatulento e, no máximo, digno de dó. Pois foi essa a imagem que ficou e que, há tempos, se levou levianamente para o cinema. A depender de Edmundo, o Rio e o Brasil seriam franceses.

Mas isso pode mudar. O material produzido nos últimos meses pelos duzentos anos da chegada da Corte já tem uma vantagem: a de trazer D. João para uma perspectiva mais justa e verdadeira, ao alcance da nossa gratidão.

Em defesa dos vilões

Nesta época em que tudo tem de ser politicamente correto e já não se pode falar mal de ninguém, nem quando se diz a verdade, precisamos rever uma série de ideias fixas sobre uma minoria que vem sendo perseguida há séculos: a dos vilões do cinema e da literatura. Do jeito que eles são tratados, somos levados a acreditar que não passam de um bando de velhacos, traiçoeiros, sem caráter, sempre prontos a um golpe baixo, e munidos de uma alma malévola como um beque uruguaio ou um oficial da SS. Pois bem: está na hora de dar um basta a essa injustiça. Vamos supor que eles também tenham suas virtudes.

O Capitão Gancho, por exemplo — você sabe, o inimigo do Peter Pan. No famoso desenho animado de Walt Disney, ele é mostrado cravando entre os dentes uma piteira com duas saídas, fumando dois cigarros ao mesmo tempo. Certamente, isso é para caracterizá-lo como vilão, já que os heróis, como se sabe, não fumam. Olha já aí o preconceito. Pois quem pode garantir que Peter Pan, depois de adulto, também não se tornasse fumante de quatro maços diários? E, se é preciso ser politicamente correto, é bom não esquecer que o Capitão Gancho era um deficiente físico. Sua mão direita foi mordida, mastigada e engolida por um crocodilo, o que o levou a implantar aquele gancho. Tente cortar as unhas, bater palmas ou tocar castanholas com um gancho no lugar da mão, para ver o que é bom. Donde, ao contrário de inspirar repulsa, o Capitão Gancho deveria despertar compaixão.

A Bruxa da história de Branca de Neve é outra que vem sendo discriminada há séculos como vilã. Mas ela não nasceu bruxa, e muito menos com aquele nariz. Na verdade, era uma gloriosa Rainha — e, olhe, um pedaço de morena. (Foi a primeira mulher por quem me apaixonei em criança e, depois, soube que o mesmo aconteceu com Woody Allen.) Se tudo continuasse a correr como o figurino, a Rainha ainda poderia reinar por muitos anos, sem perder um pingo de sua majestade. E foi então que o Espelho Mágico lhe fez aquela falseta. Numa de suas consultas de rotina ao espelho, a Rainha ficou sabendo que já não era a mulher mais bonita de seu próprio reino. E que esta era agora sua enteada, Branca de Neve — uma órfã que ela acolhera e a quem dera casa, comida e roupa lavada. Com que direito a insípida Branca de Neve se atrevia a ser mais bonita do que ela?

Ora, qualquer comparação menos perfunctória entre as duas mostra que o espelho errou feio. A Rainha deixava Branca de Neve no chinelo em todos os quesitos: tinha traços perfeitos, muito mais personalidade e, vamos e venhamos, era uma mulher — meio *vamp*, meio fatal, meio Hedy Lamarr. Quanto a Branca de Neve, era apenas uma criança e, cá entre nós, havia melhores na praça. Entre outras coisas, não tinha nariz. Além de ser meio burra, medrosa e ter uma voz francamente enjoativa. A única explicação para a súbita predileção do espelho por ela seria, talvez, uma vontade de adular a juventude. Ou então, ele tomou-se de uma gratuita antipatia pela Rainha. Seja como for, esta não merecia o julgamento de um espelho parcial, míope e, quem sabe, pedófilo.

O que a Rainha fez depois — sacrificar sua enorme beleza transformando-se numa bruxa para vingar-se da menina com a maçã envenenada — foi apenas uma reação humana. Maçã envenenada que, aliás, não se destinava a matar Branca, mas apenas a adormecê-la. Apesar disso, a história (vi o filme e completei o álbum de figurinhas) reservou um terrível fim para a Rainha. Ela é que foi punida com a morte, fulminada por um raio e soterrada por uma avalanche. E, assim, Branca de Neve viu o caminho livre para casar-se com um príncipe surgido do nada, e os dois foram viver juntos no castelo da Rainha e passaram a extorquir os diamantes da mina dos Sete Anões.

Há também os gatos, invariavelmente enquadrados na categoria vilão, em todos os desenhos animados. O principal deles é Tom, o honesto, valente e pacífico felino que há cinquenta anos vem sofrendo toda espécie de humilhações nas garras de um rato nojento chamado Jerry, o qual deveria ter como destino o extermínio. Nos desenhos, Tom apenas tenta proteger sua casa daquele parasita. Mas o que acontece é que, armado com um inesgotável arsenal de truques sujos, Jerry consegue fazer com que Tom seja eletrocutado na tomada, afogado na pia, incendiado na lareira, esmagado por pianos e, muitas vezes, explodido através do teto. Crianças insensíveis assistem a tudo isso dando risotas diante da TV — e provavelmente repetem essas façanhas com seus próprios gatos.

Outro caso clássico é o de Frajola e Piu-Piu. Neste, junta-se a ofensa à injúria: Frajola é um gato malévolo cujo único objetivo na vida, o de comer o tíbio Piu-Piu, se frustra a cada tentativa pela suposta inteligência superior do canário. Mas será o canário assim tão tíbio? Sua frase, "Eu acho que vi um gatinho", é de um cinismo quase insuperável nos anais da literatura. Os filmes o mostram sempre equipado para fuzilar, retalhar, picotar e achatar Frajola — mas isto é considerado ético pelos desenhos animados, nos quais o "mais fraco" tem de derrotar o "mais forte". Mas quem é o mais forte ali?

Piu-Piu (cuja popularidade é reativada pela Warner de dez em dez anos, estampando-o mundialmente em jaquetas, meias, tênis, adesivos, camisetas e camisinhas) não é o único personagem de uma campanha destinada a enlamear a imagem dos gatos. Em *Pinóquio*, um dos vilões é um gato chamado Gedeão, que ajuda a raposa João Honesto a engambelar o boneco debiloide. Em *Cinderela*, o gato Lúcifer, gordo e mau, é uma assustadora ameaça a dois ratos esqueléticos, Gus e Jaq. Em *Alice no País das Maravilhas*, o gato Cheshire está longe de ser um personagem simpático — sabe que Alice vai se estrepar e não faz nada para impedir. Em *A Dama e o Vagabundo*, Si e Ão são os dois siameses que destroem as cortinas, atacam o canário, afogam o peixinho dourado e investem contra o bebê da família, provocando a confusão que mandará Lady para a carrocinha. Em *A Espada Era a Lei*, a bruxa Madame Min transforma-se, claro, num gato parecido com ela. E, mesmo em *Aristogatas*, que deveria ser um filme pró-gatos, há em cena um punhado de gatos vadios e desagradáveis, sendo que o herói é, na verdade, um rato chamado Roquefort.

Pensando bem, Walt Disney não podia mesmo gostar de gatos — ficou rico com um rato mudo chamado Mickey e coroou sua fortuna construindo ratoeiras humanas como a Disneylândia e a Disney World.

Um dia, espero continuar essa defesa dos vilões incompreendidos, revelando as qualidades de Drácula, Frankenstein, King Kong, Godzilla, o Fantasma da Ópera, Mr. Hyde (o monstro de *O Médico e o Monstro*), a Fera (de *A Bela e a Fera*), a Múmia, o Monstro da Lagoa Negra, o Lobo Mau (dos *Três Porquinhos*) e, por fim, mas não por último, o lendário tarado carioca dos anos 30, Febrônio Índio do Brasil. Que plêiade! Que timaço! No futuro, a história os absolverá.

Sentado atrás do gol

Entre as tantas efemérides de 2008, deixei escapar uma, apenas pessoal — quando me dei conta, já era. Foi no dia 9 último: os cinquenta anos de minha primeira ida ao Maracanã. Eu sei, todo mundo que gosta de futebol foi ao estádio uma primeira vez, e nem por isso a façanha merece ir para os calendários esportivos. Mas merece ir para o meu calendário afetivo — nem que seja pelo que se passou muitos anos depois.

Era um Flamengo x Botafogo pelo campeonato carioca de 1958. Eu tinha 10 anos e fui com meu pai, flamengo como eu. Saímos cedo, mas o táxi engarrafou perto do Maracanã, o jeito foi apear e seguir as bandeiras. Lá dentro, só havia lugar atrás de um dos gols — justo o gol para que o Botafogo atacaria no primeiro tempo.

O ataque do Botafogo naquela tarde era Garrincha, Didi, Paulinho, Quarentinha e Zagallo — cheio de campeões mundiais. A todo instante, Garrincha avançava pela direita, driblava nosso lateral Jordan (pronuncia-se Jordã) e chegava à linha de fundo, cruzando para o arco do Flamengo defendido por Fernando — e por mim, sentado lá em cima, atrás do gol.

De Garrincha, saíram os gols de Quarentinha, dois, e Paulinho, um atrás do outro. No segundo tempo, os times trocaram de lado e o Flamengo passou a atacar na minha direção. Pude então vibrar com o massacre rubro-negro e com os gols de Henrique e Dida. Mas ficou nisso: Botafogo 3 x 2.

Em 1995, 37 anos depois, publiquei um livro, *Estrela Solitária* — uma biografia de Garrincha. Muitas vezes, durante o trabalho, aquelas arrancadas de Garrincha contra meu coração me vieram à cabeça. E só então descobri que o garoto, mesmo tendo saído derrotado do Maracanã, não odiou seu algoz nem por um minuto. Era impossível odiar Garrincha. Na verdade, era impossível não amá-lo.

Vaia em Julinho

Em 1959, o Brasil ia enfrentar a Inglaterra no Maracanã. Seria o primeiro jogo da Seleção em casa desde a Copa da Suécia no ano anterior e, não por acaso, no seu palco favorito.

Era o Brasil de Pelé e Garrincha. Mas, se Pelé era indiscutível, a imprensa passara a semana alertando para a possibilidade de Garrincha ser barrado. Motivos não faltavam: estava gordo, lento, dispersivo e, todos sabiam, exaurindo-se nos braços da vedete Angelita Martinez, o avião dos aviões. Mesmo assim, ninguém acreditava que o deixassem de fora. Na hora do jogo, quando o locutor do Maracanã anunciou Julinho na ponta direita, os 127 mil presentes, apaixonados por Garrincha, mandaram a maior vaia da história do estádio.

Julinho também era um grande jogador. Só não fora à Suécia com a Seleção porque estava na Itália e, naquele tempo, os "estrangeiros" não tinham vez. Era um homem sensível, apaixonado pelo Brasil. Acabara de ser repatriado pelo Palmeiras e fora convocado para ser reserva de Garrincha. De repente, via-se titular e ouvia a voz do Maracanã — a voz do Brasil.

Subiu chorando os degraus de acesso ao gramado e, ainda chorando, cantou o Hino. A vaia não parava. Mas o jogo começou e, ali, Julinho convenceu-se de que precisava ser Julinho, não um menino amuado. Mal foi dada a saída, descadeirou um inglês com um drible. O estádio silenciou. Aos dois minutos, fez o primeiro gol. O Maracanã quase desabou em aplausos. E assim foi pelo resto do jogo: a cada grande jogada de Julinho, ou se ele apenas tocava na bola, o Maracanã delirava. No segundo tempo, ainda cruzou para Henrique, do Flamengo, fechar o placar em 2 X 0.

Naquele dia, Julinho foi grande na vaia e o Maracanã, no aplauso. Os dois saíram maiores do episódio. Mas há de ser um craque para dobrar um estádio.

A revolução de pijama

Um amigo leu nesta coluna sobre a mania dos chineses de andar de pijama na rua durante o dia. Perguntou-me se há explicação para isso ou se é apenas uma moda lançada por um fabricante e seguida cegamente pelas grandes massas. Consultei minhas fontes em Pequim — na verdade, o garçom de um restaurante chinês em Copacabana — e descobri que há uma causa.

A maior concentração de homens de pijama nas ruas da China se dá no fim da tarde ou de manhã, pouco antes do almoço. É um código não verbal, em que o sujeito de pijama está informando aos outros, de terno ou de macacão, com quem cruza na calçada: "Sou um trabalhador como você. Mas sou tão eficiente que posso gozar de horas de folga ou de um dia inteiro livre, como prova o pijama que estou usando."

Ele quer dizer que, se for visto de pijama no fim da tarde, é porque completou seu turno mais cedo e pôde ir para casa. E, de manhã, é porque aquele é seu dia livre e remunerado, privilégio reservado a poucos na China. Com isso, estará livre da suspeita de sujeitar-se a trabalho escravo, como dizem ser a norma no país.

A qualidade do pijama também faz parte do código. Pijamas de algodão, estampados de listras ou bolinhas, indicam um operário. Mas só os operários muito especializados, como os da indústria eletroeletrônica, têm certas regalias, donde há poucos pijamas de algodão circulando. Já os pijamas de seda, que custam até US$ 80 nos grandes magazines, indicam corretores imobiliários, funcionários do mercado financeiro ou aspones de luxo, que já os há em quantidade na China.

E atenção para a padronagem. Pijamas estampados de pandas estão em baixa. O último grito são os que combinam vermelho e amarelo, e vêm com imagens alusivas à defunta Revolução Cultural.

Lugar Urbano/Olhar Social

Guerra perdida

Em 1973, eu estava morando em Portugal, no auge da guerra de libertação de suas colônias africanas, que já vinha de mais de dez anos. Os jornais portugueses, controlados pela censura, não refletiam nem sombra do que se passava em Angola, em Moçambique e na Guiné-Bissau, mas nós, os jornalistas estrangeiros, sabíamos mais ou menos o que acontecia. Morriam dezenas por dia e atrocidades eram cometidas de lado a lado.

Nas duas primeiras colônias, as mais ricas e prósperas, havia um empate técnico. Mas a guerra na paupérrima Guiné já estava mais do que perdida para Portugal. Os guerrilheiros, do PAIGC (Partido Africano para a Independência da Guiné e de Cabo Verde) dispunham de mísseis terra-ar que, dizia-se, lhes tinham sido mandados pela China de Mao Tse-tung. Cada avião militar português que levantava voo na selva era logo abatido.

Em Lisboa, os poucos jovens que se viam nas ruas eram os retornados da África — fardados, de muletas, com uma ou duas pernas a menos, vítimas de minas e granadas. Não havia como Portugal continuar sustentando aquela guerra, mas o regime salazarista, embora já sem Salazar, não pensava assim.

Em setembro daquele ano, a Guiné-Bissau declarou-se independente, mas a guerra continuou. Por causa dela fez-se em Portugal, em 1974, a Revolução dos Cravos, liderada pelos jovens oficiais que haviam lutado principalmente na Guiné, e só aí as coisas sossegaram.

Isso já tem 34 anos. A Guiné-Bissau continua muito pobre, o grau de corrupção é altíssimo e o país é acusado de estar se transformando no primeiro narcoestado africano — uma espécie de trampolim de traficantes colombianos para chegar ao mercado europeu. Não foi para isso que os patriotas da Guiné e os soldados portugueses deram a vida.

Carros sinistros

Na noite de quarta-feira, véspera de feriado e com estrada cheia, uma mulher de 58 anos dirigiu por 8 quilômetros na contramão da rodovia dos Imigrantes, apavorando e obrigando centenas de motoristas a se desviar dela. Só parou no posto da polícia. Parecia embriagada.

No Rio, há uma semana, uma mulher estacionou seu carro em frente a uma clínica nas Laranjeiras. Ao subir na calçada (desatenta, de ré e em alta velocidade, segundo uma testemunha), atingiu um médico de 61 anos, que chegava para o trabalho. Pensando "que se tratava de um obstáculo", imprensou-o contra a fachada e provocou-lhe fraturas no crânio e por todo o corpo. O médico morreu em minutos.

Dois dias antes, no Jabaquara, zona sul de São Paulo, um mecânico de 18 anos acelerou seu carro e jogou-o contra um grupo de jovens num estacionamento, ferindo 23. Vários foram internados com fraturas nos hospitais da região. O agressor alegou que temia ser linchado por eles, que teriam assediado sua namorada numa festa de que todos participavam.

Estes são apenas três casos de grande violência nos últimos dias envolvendo carros. Em todos, o motorista estava estressado, alterado, descontrolado ou coisa pior. O normal seria pensar que o carro nas mãos dessas pessoas tornou-se uma arma, não? Mas, e se forem os carros que, como num filme B de "science-fiction" dos anos 50, estiverem ficando autônomos e fazendo do homem uma arma contra seus semelhantes?

Ou, então, os carros podem também já estar agindo por conta própria. Outro dia, em São José dos Campos, uma infeliz dona de casa, de 49 anos, estacionou seu Gol na garagem e desceu para fechar o portão. O bicho se soltou e avançou sozinho sobre ela, matando-a. Calma, é "science-fiction", e classe B.

De frente e de perfil

Se você escrever entre aspas o nome "Álvaro Lins" no Google, saberá que há 222 mil ocorrências dele naquele serviço de busca. Claro que não me dei ao trabalho de varejar todas, nem estou a fim de morrer de velhice consultando o Google, mas as primeiras quatrocentas e tantas referências já dão uma ideia.

Duas delas se referem ao escritor pernambucano Álvaro Lins, nascido em 1912. Todas as outras tratam de seu xará, o policial paraibano, nascido em 1967, acusado de formação de quadrilha armada, lavagem de dinheiro, facilitação de contrabando e corrupção passiva e, agora, ex-deputado, cassado por quebra de decoro.

O currículo do primeiro Álvaro Lins é de outra natureza. Foi um grande crítico literário — pioneiro na admiração por Clarice Lispector, Nelson Rodrigues, João Cabral, Guimarães Rosa e Murilo Rubião, corajoso na demolição de homens poderosos, como Gilberto Amado, e complacente com Jorge Amado, que, segundo ele, narrava bem e escrevia mal.

Álvaro Lins não tinha cânones literários. Julgava obra por obra, donde podia entusiasmar-se com um livro de estreia e decepcionar-se com o livro seguinte do mesmo escritor. Tal independência rendeu-lhe não poucos inimigos, um deles o próprio Nelson.

Como seu homônimo de hoje, Álvaro Lins teve também atuação política: em 1955, defendendo pelo *Correio da Manhã* a posse de um presidente eleito (Juscelino), que os golpistas queriam abortar; e, em 1959, como embaixador do Brasil em Lisboa, dando asilo político ao general Humberto Delgado, pior inimigo do ditador Salazar.

Infelizmente, o Google só quer saber do Álvaro Lins de hoje, atualmente residindo em Bangu 8. Pior: pelo menos uma página sobre o escritor é ilustrada com a foto do ex-delegado, de frente e de perfil.

Cidadãos com cidadania

Um chiclete ou toco de cigarro jogado na rua atrai outro chiclete ou toco de cigarro. Uma garrafa pet atirada na pista pela janela de um carro induz a que outro cretino, passando de carro, atire outra garrafa. Um monte de lixo não recolhido na calçada leva o indivíduo a despejar mais lixo na calçada, achando que o ponto está liberado para vazadouro.

Uma faixa com os dizeres "Maricotinha, te amo" ou "Obrigado a santo Agapito pela graça alcançada", estendida de poste a poste, de um lado a outro da rua, estimula que alguém pendure outras faixas apregoando "Vendem-se túmulos" ou "Jazigos abaixo do custo", como já vi perto de cemitérios, penduradas de árvore a árvore.

Uma tabuleta na porta de um açougue prometendo "Coxão mole a xis reais o quilo", empatando metade da calçada, é um convite a que farmácias, lanchonetes, locadoras de vídeo etc. atravanquem o resto da via pública com seus anúncios. Um carro estacionado com duas rodas no passeio está a um passo de botar as outras duas rodas no passeio e interrompê-lo de vez.

Uma pichação na fachada de um prédio leva outro pichador a emporcalhar o prédio ao lado ou a tentar competir com o primeiro, pichando os andares mais altos. Um grafiteiro autorizado a cobrir uma parede com seus horrendos desenhos estará apenas se prevalecendo da coação que sua categoria impõe ao poder público — ou este libera o grafite, por ser uma "arte", ou os grafiteiros vão na marra e pintam do mesmo jeito.

Tanta imundície revela abandono e é uma porta aberta para a criminalidade — bandidos sentem-se bem em meio a ela. Algumas prefeituras fazem sua parte, mas os cidadãos precisam ajudar, exercendo a cidadania. Embora pertença a todos, o espaço público não é a casa da Mãe Joana.

“Recall” de políticos

Uma montadora de carros no Brasil mandará recolher mais de 100 mil veículos de um modelo fabricado por ela, de abril de 2008 até hoje, por causa de um problema na presilha que fixa o tapete do motorista no assoalho do carro. O tapete estaria sujeito a deslizar e travar o acelerador, provocando aceleração repentina e involuntária do carro e o tornando sujeito a graves acidentes, como já aconteceu.

O nome disto é “recall” — chamar de volta, revogar, anular —, e não acontece porque a empresa é boazinha, mas porque foi pressionada por denúncias de consumidores ao Procon e ao Ministério da Justiça. Dá a impressão de que o cidadão agora é ouvido e tem seus direitos respeitados, ao contrário do passado, em que, se algum produto se escangalhasse com facilidade, o comprador que se queixasse ao bispo, o qual tinha mais o que fazer.

Esse conceito poderia se alargar e se aplicar também aos políticos. Quando o eleitor sentisse que seu representante tivesse se esquecido dos compromissos de campanha pelos quais fora eleito, deveria poder revogar seu próprio voto, anulando-o. Se isso fosse feito em número suficiente, o político seria obrigado a devolver o cargo ou o mandato.

Você dirá que as eleições são para isso mesmo, e nada impede o eleitor de negar o seu voto ao político no pleito seguinte, ajudando a derrotá-lo. Mas não sejamos ingênuos. Uma vez no controle da máquina, os políticos tendem a se reeleger e a se eternizar na carreira, submetendo-se apenas a uma dança de cadeiras no Congresso, nos ministérios e nos vários níveis da administração.

Tendo elegido os bichos uma vez, nunca mais conseguimos nos livrar deles. Os partidos, em vez de promover rigorosos "recalls" periódicos, preferem varrer seus podres para debaixo do tapete.

Prazeres fatais

Bem que o tráfico carioca dizia: o crack é mau negócio. É barato, pega o sujeito de saída e mata rapidinho. É droga de pé de chinelo — uma pedra custa R$ 5, o efeito passa num instante e o fulano logo precisa fumar outra. Se alguém na boca começa a usar, arrebenta com o esquema. Além disso, "suja" a vizinhança: no desespero por mais uma pedra, o usuário achaca quem puder, inclusive parentes e amigos. Donde, se o Rio passou a década de 90 sem crack, não foi porque a lei reprimiu, mas porque o traficante não quis. Nem precisava, com a cocaína garantindo a féria.

Mas a pressão de grupos de fora, que, dizem, tinham um importante crédito com o carioca, impôs o crack no Rio há três anos. Os resultados já estão à vista: pelo volume de apreensões, pode-se imaginar o consumo. Não demora a ser o principal artigo nas "comunidades", desbancando a cocaína, mais lucrativa, estável e "adulta". No crack, pode haver menores de 10 anos fumando e vendendo.

Se a cocaína está perdendo mercado no morro, sua queda do asfalto é ainda mais acentuada. Em seu lugar, para os meninos de classe média para cima, é a vez do ecstasy. É o principal combustível das festas rave, como indispensável complemento àquela "música" que, provavelmente, seria intolerável sem ele.

Comparado ao crack, que corrompe tudo à sua volta, o ecstasy é quase "limpo". É uma droga sintética, um comprimido, fácil de esconder, de transportar ou de engolir, e sua compra e venda se dá entre iguais. São outras pessoas de classe média que a fornecem, dispensando ao boa-roupa a subida do morro, o contato com a metralha e os riscos inerentes. O efeito também é diferente: pode durar horas. Só o fim é inevitavelmente igual — em pouco tempo, dependência, miséria, solidão, loucura e morte.

Longe do mundo

Circula pela internet uma série de fotos da cantora inglesa Amy Winehouse, tipo "eu era assim e fiquei assim". A primeira, talvez de 2004, mostra uma jovem bonita e saudável, quase italiana, com seios generosos palpitando sob o decote, cinturinha no lugar e boas pernas saindo da minissaia. As fotos seguintes documentam a escalada da sua degradação física.

Nas mais recentes, tiradas nos últimos dois anos, seu aspecto é desesperador. Tatuada de alto a baixo, imunda, roupa em andrajos, seios murchos, braços e pernas descarnados, a pele em babados. Na boca, terríveis falhas dentárias. O rosto, cravejado de manchas, herpes e crostas secas, lembra uma máscara veneziana, como se seu organismo tentasse sair pelos poros.

Amy precisou de pouco mais de três anos para chegar ao estado que Judy Garland levou trinta para atingir. As drogas de Judy eram birita e comprimidos. As de Amy são birita, comprimidos, ecstasy, maconha, cocaína e crack. Mas suponhamos que ela só usasse crack. Ele provoca complicações respiratórias, cardíacas e vasculares, além de degeneração muscular, perda da libido e depressão. Amy já foi diagnosticada com várias dessas mazelas, e pode morrer de parada respiratória, infarto ou derrame. Até hoje, nenhum dependente de crack viveu para escrever memórias.

É besteira perder tempo perguntando "por que Amy tenta se destruir dessa forma". Não é obrigatório haver um motivo. Começou no dia em que, para fazer parte da turma, ela aceitou seu primeiro gole, tapa ou dose — gostou e continuou usando. Desde então, não faltou quem lhe fornecesse.

Uma chance já remota para Amy seria uma internação mínima de dois anos numa clínica longe de tudo: da família, dos amigos, da imprensa, do trabalho, do celular e, em resumo, do mundo.

Motivo e pretexto

Uma enquete com 1.400 cientistas, realizada pela revista britânica *Nature*, revelou que 20% dos membros das comunidades acadêmicas internacionais usam estimulantes para "aumentar a capacidade de concentração" e "melhorar o desempenho intelectual". O mais popular seria o metilfenidato Ritalin. Os ditos usuários não estariam preocupados com os efeitos indesejáveis desses medicamentos controlados.

Como se trata de cientistas, o uso de tais drogas já vem cercado de justificativas. Este uso seria "instrumental" e destinar-se-ia apenas a permitir-lhes passar noites em claro na busca de soluções para problemas, esses, sim, relevantes. Supõe que os cientistas, pelo conhecimento adquirido, estariam infensos às consequências que afetam os mortais pelo abuso repetido, ou seja, dependência, loucura e morte.

Na verdade, muitos cientistas são chegados a estimulantes porque, podendo autorreceitar-se, têm fácil acesso a eles. Pelo mesmo motivo, há uma incidência de dependência de morfina entre médicos — apenas porque, na maioria dos casos, basta-lhes tirar a chave do bolso e abrir um armário para consegui-la.

Da mesma forma, é acima da média o grau de alcoolismo entre padres. O vinho da missa, que provoca apenas a possibilidade de úlcera ou diabetes em alguns, leva outros a formar hábito e a tomá-lo entre uma missa e outra ou o dia todo. E não é que os jornalistas tenham mais motivos para beber do que outras categorias — apenas saem tarde do serviço e, para desligar, passam no botequim antes de ir para casa. Com o tempo, alguns já ficam direto no botequim.

No começo, há sempre um motivo para se usar esta ou aquela droga. Instaurada a dependência, o motivo deixa de ter importância e se torna apenas um pretexto para se continuar usando a droga.

A força maior

Uma juíza americana proibiu a atriz Lindsay Lohan de beber álcool. Lindsay está cumprindo uma condicional por dirigir embriagada. A juíza decidiu que ela será chamada de surpresa a fazer exames e terá de usar uma pulseira eletrônica capaz de acusar álcool em seu sangue.

Sei pouco sobre Lindsay Lohan. Tem 24 anos, é bonita, talentosa e gay — aprendi no Google. Nunca vi seus filmes e só há pouco ouvi falar dela, e sempre associada a substâncias. Vive sendo fotografada, na rua ou em boates, em situações desprimorosas. Enfim, como disse, sei pouco a seu respeito. Mas sei o suficiente para dizer que a juíza está errada e que não entende patavina do problema.

Se fosse possível fazer alguém parar de beber por ordem judicial, bastaria um decreto-lei para acabar com o problema do alcoolismo. A juíza supõe que Lindsay seja uma sem-vergonha que, em vez de "moderar" e beber pouco, como uma boa moça, manda todas para dentro porque gosta de provocar tumulto. Ou seja, a juíza supõe que pessoas com alcoolismo agudo poderiam beber sob controle se tivessem, talvez, "força de vontade".

Pena que na vida real não seja assim. Se os alcoólatras conseguissem controlar a bebida não seriam alcoólatras. Não é o bebedor que modera racionalmente o seu consumo — a natureza de seu organismo é que o faz ingerir menos ou mais álcool. Aliás, os fabricantes de bebida sabem disso. Daí aquela advertência ao fim de cada comercial de cerveja exibido na televisão, "Beba com moderação", ser de um acachapante cinismo.

É possível que, em seus momentos de depressão causada pela intoxicação, Lindsay pense em "moderar" ou mesmo em abster-se. Mas, no estágio de dependência em que já está, apesar de ter só 24 anos, não é mais a razão que a comanda. Há uma força maior, orgânica, que a leva inexoravelmente à garrafa.

Salvação de Adriano

O centroavante Adriano, ex-Flamengo, ex-Seleção brasileira e, se não se cuidar, ex-Internazionale de Milão e ex-jogador de futebol, vem ao Brasil para se tratar, aparentemente numa clínica para dependentes químicos. É a coisa certa a fazer. Desde o começo, as pessoas relutam em tratar de seu caso pelo único nome que lhe cabe: alcoolismo.

Fosse Adriano cardíaco, diabético ou vítima de anomalia do vago simpático, sua condição já teria sido descrita por inúmeros médicos, e o jogador, encaminhado a tratamento por seu clube ou pela CBF. Mas o alcoolismo traz um estigma difícil de encarar: classificar alguém de alcoólatra é quase como chamá-lo de safado ou sem-vergonha. Para "limpar" esse estigma é preciso descobrir um "problema" que explique e justifique o fato de o sujeito beber.

No caso de Adriano, as explicações são várias. Numa delas, ele "pensava demais" nos seus problemas e tinha de "beber para dormir". Em outra, a causa era "a morte do pai". Em mais outra, bebera porque era “dia de seu aniversário”. E, claro, bebia também porque fora “barrado pelo treinador do Inter”.

Os especialistas em dependência sabem que isso é cascata. Todos os problemas que o dependente aponta como “causas” são, na verdade, consequências — ou pretextos para beber mais. Ninguém bebe porque tem problemas, mas tem problemas porque bebe. O mundo tem 100% de gente com problemas, mas os alcoólatras são só 15% — os que têm capacidade física para ingerir muito álcool.

Não conheço Adriano, exceto como jogador, mas sei que não é um safado ou um sem-vergonha. É apenas um homem doente. Sua única saída é quebrar o círculo vicioso, parar de beber e continuar sóbrio. Se fizer isso, voltará a ser grande e a fazer gols. Mas não poderá comemorá-los com champanha.

A "Lei de L."

Como sempre acontece, bastou vir à tona o caso da menor L., presa durante 25 dias numa cela paraense com vinte (ou trinta?) homens que a espancavam e estupravam repetidamente, para que se denunciasse a ocorrência de vários casos iguais. Casos estes que não se limitam ao Pará, nem aos dias de hoje.

O choque do público diante da existência de tal barbárie é compreensível. Quem está do lado de fora do sistema carcerário brasileiro não costuma perder noites de sono imaginando o que acontece com quem está dentro. Menos compreensível terá sido a nenhuma surpresa com que as autoridades paraenses receberam a denúncia sobre L. — a própria governadora, transferindo a responsabilidade para o passado, admitiu que casos como aquele eram corriqueiros.

Mas tanto era uma história grave que houve várias tentativas de minimizá-la. A garota não seria menor; era retardada; já teria passado por carceragens anteriores; quem sabe não seria prostituta; e não ficara presa com trinta, mas com vinte homens. E daí? Nada disso apagava o fato de ser uma mulher contra vinte (ou trinta) brutos, sujeita a gravidez, doenças venéreas e contaminação por HIV, para não falar do terror físico e psicológico.

É assustador pensar nos milhares de outras mulheres que já entraram e saíram dessa experiência sob total silêncio, sem que ninguém, exceto os próximos, soubesse do que lhes aconteceu. O Brasil, tão solícito para socorrer políticos e banqueiros em apuros, não tem a mesma pressa para tratar de questões que envolvam a dignidade e a justiça.

É de se esperar que do caso de L. resulte pelo menos o equivalente a uma nova Lei Maria da Penha, que protege a mulher contra a violência familiar e doméstica. A "Lei de L." protegeria a mulher contra o Estado brasileiro.

Fim da infância

Outro dia, em Guarulhos, perto de São Paulo, um garoto de 12 anos foi flagrado dirigindo um carro numa avenida mal iluminada, à noite e em hora de movimento. Os pés do garoto mal alcançavam o acelerador e o freio, e ele quase não enxergava fora do veículo. A tia dele o estaria ensinando.

Poucos dias depois, em Itaquaquecetuba, também na Grande São Paulo, um menino de 3 anos entrou num carro sem que sua mãe percebesse e o pôs acidentalmente em movimento. O veículo desceu a rua, subiu a uma calçada e decepou a perna de uma garota de 9 anos que brincava por ali.

Ainda em São Paulo, um casal foi preso ao tentar comprar uma menina recém-nascida, filha de uma mulher que dizia não ter recursos para criá-la. No Rio, um homem também foi preso por "alugar" o filho de 4 anos por R$ 50 para um traficante que, de mãos dadas com a criança, pretendia não despertar suspeita ao embarcar com maconha na Central do Brasil.

Em Campos, no Norte fluminense, uma professora encontrou um revólver calibre 32, carregado, na mochila de um menino de 10 anos, seu aluno na 1ª série do fundamental. O garoto disse ter achado a arma no mato. Em Ribeirão das Neves, MG, outro garoto, este de 3 anos, também foi apanhado andando pela rua com uma arma, um 38 igualmente carregado. O revólver pertencia a seu pai.

Em compensação, em Brasília, um menino de 8 anos, estudante da 5ª série do fundamental, prestou vestibular para o curso de direito da Universidade Paulista, em Goiânia, e foi aprovado. Claro que ele não poderá fazer o curso, mas que faculdade é essa cujas provas podem ser feitas por crianças? Parafraseando Machado de Assis, no nosso tempo ainda há jovens, mas são poucos. O Brasil os torna adultos cedo demais.

Hostil às crianças

De propósito, dispensei-me de acompanhar o circo armado pela televisão no caso da menina Isabella Nardoni, jogada pela janela do apartamento. Mas, pelo que sei, as matérias evitaram reconstituir as cenas da garota sendo efetivamente agredida. Seria ir longe demais, até para os padrões de certos canais. Talvez seja demais também para nós, imaginar as cenas dessa agressão.

E, no entanto, casos de violência contra crianças acontecem todos os dias, quase sob as nossas barbas. Na semana passada, por exemplo, um bebê de 3 meses foi atirado pela mãe dentro de um rio na cidade de Ponte Nova (MG) e morreu afogado. Entre várias explicações confusas, a mãe alegou que estava com Aids e pensou que a filha também estivesse.

Em meados de abril, outro bebê, este de 11 meses, morreu num hospital em Contagem, na Grande Belo Horizonte, com os indícios mais cruéis de espancamento. A hipótese é que o garoto tenha sido agredido a socos pelo padrasto. Alguns dias antes, no estado da Pensilvânia, nos

EUA, uma menina de 2 anos morreu a golpes de um joystick (controle de videogame), desferidos pelo namorado de sua mãe.

E não param de sair detalhes das torturas contra a menina de 12 anos, praticadas até março último por sua patroa, uma empresária de Goiânia (GO), com a cumplicidade da família. Entre outras maldades, ela era acorrentada à parede, recebia marteladas nas solas dos pés, tinha os dedos espremidos no vão das portas, a língua beliscada com alicate, era deixada sem comer por dias — quando então a alimentavam com fezes e urina de cachorro — e seus olhos, nariz e boca eram besuntados e entupidos de pimenta.

O século XVIII era tido como particularmente hostil às crianças, pela exploração da mão de obra infantil na Revolução Industrial. No século XXI, não temos essa desculpa.

Lugar Expressivo/Olhar Global

Nomes de guerra

Esta coluna, na segunda-feira, exumou uma quantidade de nomes exóticos com que alguns brasileiros se assinavam a sério, com registro em cartório, nos anos 60. Um deles, Um Dois Três de Oliveira Quatro, ficou tão famoso que lhe ser apresentado seria como apertar a mão do curupira ou do saci-pererê. Mas não se sabe de quem tivesse tido a honra.

Mais fácil é conviver com os nomes que hoje infestam os nossos times de futebol: Joilson, Joelson, Jadilson, Kleberson, Vanderson, Ibson, Athirson, Edilson, Denilson, Lenilson, Ademilson, Valdson, Fredson, Liedson, Tailson, Revson, Glelberson e, naturalmente, Richarlyson. Para não falar em Rever, Mairon, Kerlon, Weldon, Cleilton, Rogelio, Thiego, Maicon, Maicossuel e Leyrielton.

Quando me lembro de que passei a vida na ilegalidade por me chamar Ruy — e não Rui, como rezava a reforma ortográfica que, antes de eu nascer, banira da língua portuguesa os yy, ww e kk —, penso em como os doutos do vernáculo legislam no vazio. Pois, pelo menos para isto servirá a nova reforma: para restabelecer os kk, ww e yy. Afinal, já passou a valer tudo mesmo, em matéria de língua.

Os políticos, aliás, são partidários do "laissez-faire". Eis como se apresentam alguns candidatos a vereador no Rio: Anderson Antimultas, Antonio Vieira É Amigo, Barriga de Açougue, Carlinhos O Seu Querido, Cícero do Jegue, Dr. Edson da Creatinina, Edvaldo Popular Baixinho, João Pangaré, Jorge Baixa Renda, Lugon O Bom Malandro, Maria Chupetinha, Pantera Vai Q. Vem, Rodrigo Pai dos Quadrigêmeos, Wilson Xodó da Vovó.

Você dirá que são apenas nomes de guerra. Sim, e de vereadores. Mas nada impede que logo se tornem deputados, senadores, ministros e, do jeito que a banda toca, coisa até mais alta.

Erros contra ou a favor

De repente, jornais e revistas deram para escrever que tal livro ou peça "é sofrível", querendo dizer que é péssimo, chatérrimo — que faz o espectador sofrer. Mas "sofrível", como sabem os que não faltaram àquela aula, significa o contrário. É o que, não sendo grande coisa, ainda é suportável. Ou, segundo o *Aurélio*, "razoável; acima de mediano". Enfim: sofrível.

Outra mania é a de chamar um filme de "longa". Como se houvesse um surto de "curtas" na praça, a ponto de se precisar distingui-los dos filmes comuns, de uma hora e meia, classificando estes de "longas". Mas longas de verdade eram *E o Vento Levou*, *El Cid* ou *Cleópatra*, com três, quatro horas de duração, e mais o "Canal 100". Sei de gente que morreu de velhice durante a sessão. E morreu feliz.

Pelo mesmo motivo, jogos (de futebol) deixaram de ser chamados de jogos e se tornaram "duelos" ou "desafios". Fico imaginando um duelo a floretes no grande círculo do Maracanã entre Obina, do Flamengo, e Richarlyson, do São Paulo, com o juiz trilando o apito final ao primeiro sangue. Ou um desafio repentista entre Alan Kardec, do Vasco, e Maicossuel, do Palmeiras, reeditando a peleja do Cego Aderaldo contra o Zé Pretinho, em Pimenteira, no Piauí.

São vícios de escrita, espero que temporários. Um que ainda está limitado aos locutores de basquete ou vôlei é dizer que o time xis "se personalizou" em quadra — ou seja, reagiu, ganhou "personalidade". De onde tiraram esse verbo?

Tudo bem, é a "contribuição milionária de todos os erros", como dizia o outro. Mas só se deviam admitir os erros a favor da língua. Como o proposto, outro dia, por meu amigo Jorge, do Andaraí. A certa altura da conversa e do feijão com pé de porco, ele me interrompeu dizendo "Desculpe intervi-lo, mas...". Gostei, vou adotar.

A redenção do "y"

Alvíssaras! Enfim na legalidade! Com as mudanças na ortografia da língua portuguesa a partir de janeiro de 2008, o "k", o "w" e o "y", banidos desde 1942, serão reincorporados ao alfabeto. Com isso, posso finalmente andar de cabeça erguida e assinar meu nome — com "y" — em cheques, fichas de hotel e cartelas de restaurante a quilo, para não citar esta coluna, sem a sensação de estar cometendo falsidade ideológica.

Nascido em 1948, com o "y" já fora da lei, fui registrado Ruy por meu pai, ele também Ruy, e um escrivão distraído deixou passar. Mas você se torna o seu nome e, desde então, tive de defender esse "y" contra os fanáticos e legalistas que insistiam em trocá-lo pelo "i", com o qual me sinto nu em letra de fôrma.

Os puristas insistiam na alegada inexistência do "y" em português, assim como a do "k" e do "w", fingindo ignorar que ela fora imposta por decreto e nunca impedira que tais letras continuassem imprescindíveis no dia a dia — vide "km" (por quilômetro), "watt" (a unidade de medida da energia elétrica) etc. etc. Se o *Aurélio* e o *Houaiss* sempre dedicaram páginas a essas letras, como elas podiam não existir?

Quanto ao "y", o que seria da música brasileira sem ele? Bidu Sayão, Ary Barroso, Aracy Cortes, Aracy de Almeida, Sylvio Caldas, Synval Silva, Alcyr Pires Vermelho, Dorival e os demais Caymmis, Aloysio de Oliveira, a Lyra de Xopotó, Dick Farney, Ivon Cury, Johnny Alf, Nora Ney, Maysa, Cauby Peixoto, Billy Blanco, Celly Campello, Carlos Lyra, Walter Wanderley, Sylvia Telles, Alayde Costa, Leny Andrade, Pery Ribeiro, João Roberto Kelly, Rosemary, o Quarteto em Cy, Joyce, Suely Costa, Baby Consuelo, Moacyr Luz, Daniela Mercury, Yamandu Costa e muitos mais poderiam até existir — mas não seriam os mesmos.

Banhos, inclusive de gato

Pobre Woody Allen. Por uma dessas sutilezas linguísticas, em que até quem é bom de línguas às vezes escorrega, ele passou por sujinho. Há tempos, uma frase sua, "*To take a bath is snobbishness*", foi mal traduzida (por mim mesmo) e tornou-se "Tomar banho é esnobismo". Pronto: bastou isso para que, em certos círculos brasileiros, o querido Woody começasse a ser visto como alguém que se devia admirar como ator e cineasta, mas de quem podia ser perigoso chegar perto. Brasileiro não perdoa quem não toma banho, e com razão. Houve até quem comparasse Woody a outro cineasta, o francês Jean-Luc Godard, de quem se diz que tomou um banho na época de seu filme *Acossado*, em 1960, e só foi tomar outro na época de *Pierrot le fou*, em 1966. O pessoal da Nouvelle Vague talvez fosse assim — mas Woody Allen?

E, de repente, descobre-se que não era bem o que Woody queria dizer. Em inglês, "to take a bath" é tomar banho, mas de banheira. O que nós aqui entendemos normalmente como banho, ou seja, de chuveiro, para eles é "to take a shower". E a prova de que não há nenhuma incompatibilidade entre Woody e o banho é que ele já foi visto debaixo do chuveiro em diversos filmes, sem um dublê para substituí-lo. Donde, pelo menos no que se refere a banhos, Woody está inocente.

Isso prova que um ligeiro desvio semântico entre duas línguas, ou um tradutor distraído, pode resultar em grandes equívocos. A palavra "banho", por sinal, é perigosíssima, até mesmo em português. Quer exemplos?

Fico imaginando um americano ou inglês, menos versado no nosso coloquial, tentando entender o que significa quando se diz que o Flamengo "deu um banho" no time xis. Vá lhe explicar que isto quer dizer que o Flamengo ganhou de goleada, deu um *show* de bola etc. Ele terá todo o direito de perguntar: "Mas que relação tem isso com um banho de chuveiro ou de banheira?" Nenhuma, é claro, mas é assim que falamos. E se você lhe disser que Fulaninha pegou o namorado pela orelha e lhe deu um banho de loja? O gringo entenderá que, descontente com a cafonice do namorado ao se vestir, ela o levou a umas dez butiques e reformou de alto a baixo o guarda-roupa dele?

Eu próprio já fui vítima de uma confusão envolvendo banhos. Certa vez, ao morar em Portugal nos anos 70, mas ainda recém-chegado, li atônito a manchete de um jornal de Lisboa que dizia: "MORREU AO TOMAR BANHO!" Logo visualizei um sólido cidadão meio desabituado a banhos e que, ao abrir o chuveiro numa emergência, morreu vitimado por um choque ao sentir aquele inédito líquido contra seu corpo. Ao ler melhor a notícia, descobri que o cidadão apenas se afogara numa praia próxima, por dar um mergulho sem saber nadar. É que, em Portugal, pelo menos no meu tempo, dizia-se mais "ir aos banhos" do que "ir à praia", e "tomar banho [de mar]" era mais usado do que "nadar".

Donde se conclui que, se eu, que domino razoavelmente as duas línguas (a do Brasil e a de Portugal), estava sujeito a um grosseiro engano como este, o que se pode esperar de um estrangeiro contra as arapucas da palavra banho? Ele chegará a entender, digamos, que, quase sem sair do lugar, pode-se tomar tanto um banho de mar quanto de sol? E o que ele compreenderá ao ler num dos nossos jornais que um grupo de chacinadores invadiu um barraco sei lá onde e promoveu um banho de sangue?

Pior ainda se o mesmo jornal, completando a notícia, disser que a polícia está tratando o caso do banho de sangue em banho-maria. "De onde saiu esta Maria?", ele perguntará, confuso. Vá explicar-lhe que "banho-maria" é uma maneira de cozinhar com fogo baixo, significando que levará horas para ficar pronto — ou, pelo menos, muito mais tempo do que se o fogo estivesse alto. Nosso interlocutor terá o pleno direito de perguntar se as Marias brasileiras são assim, de fogo baixo. E ficará surpreso ao ouvir que, ao contrário, 99% delas têm um fogo altíssimo e que não temos o que reclamar das moças em matéria de calor.

Suponha agora que o tal banho de sangue que a polícia está tratando em banho-maria tenha acontecido porque alguém deu o banho em alguém. O quê??? *"What does that mean?"* — ele, já zonzo, também perguntará. O inocente ato de dar banho em alguém pode provocar tamanha carnificina no Brasil? Claro que não, seu pateta. "Dar banho", na linguagem dos marginais, significa dar calote, não pagar uma dívida contraída. E, nesse caso, se aplica o código comum a todos os marginais do mundo: deu banho, morre. Os educados e os eruditos, como você sabe, preferem dizer "dar o beiço" — seja lá também o que isto queira dizer.

Enfim, é muito banho para pouca água. Quanto a mim, gosto também de um outro tipo de banho: o de gato. E, como os demais, este também tem vários significados, dependendo se leva ou deixa de levar um hífen. Sem hífen, pode significar um gato se lambendo, o que é sempre uma delícia de observar. Com hífen, significa alguém nos lambendo. Neste último caso, há os banhos-de-gato no ego, os quais não são nada desprezíveis, e os banhos-de-gato propriamente ditos. Eu prefiro os dois.

A língua frouxa

O poeta Ezra Pound dizia que era preciso manter a língua eficiente. Palavras corrompidas, usadas fora de contexto, e a substituição arbitrária e compulsória de umas por outras tornam a língua pobre, imprecisa, ineficiente. Com isso, produzem pensamentos frouxos, e a vida vai para o beleléu.

Ao agradecer, por exemplo, quase ninguém mais diz "Obrigado". O gato comeu o primeiro "o". Milhões agora gorgolejam um excruciante "Brigado". Não que isso seja novidade — apenas tornou-se uma regra não escrita. Naturalmente, o mesmo empobrecimento que produz o "brigado" impede que, se for uma mulher, ela diga "Obrigada".

Da mesma forma, quando alguém hoje nos lisonjeia com um "Obrigado" (ou seu correspondente "Obrigada"), abandonamos a resposta clássica, sóbria e elegante, "De nada" ou "Por nada". Em vez disso, cacarejamos "Imagina!" — como se ficássemos sinceramente ofendidos por alguém estar nos agradecendo. Há casos em que, não contente, a pessoa ejacula: "Magina!" Proponho o seguinte: se alguém nos diz "Brigado!", fica liberado o uso de "Magina!" — uma elocução merece a outra.

E o que dizer do "Com certeza!"? Há anos, mandou para o limbo uma variedade de opções, como "Claro!", "Sem dúvida!", "Evidente!" ou "Certo!", além do melhor e tão mais simples "Sim!". Jogadores de futebol, nas torturantes entrevistas que concedem ao fim da partida, são os grandes abonadores do "Com certeza!". Quase sempre, sem saber o que significa.

O locutor pergunta: "Fulaninho, vocês perderam por 10 a 0. Como será o próximo jogo?" O craque responde: "Com certeza. Agora é levantar a cabeça e trabalhar duro para vencer o próximo jogo e conquistar nossos objetivos." O locutor só pode agradecer: "Brigado!"

E o craque, retrucar: "Magina!"

Cibergugu

Uma de minhas filhas, matriculada numa escola moderna e "alternativa" no Rio, em 1977, chegou aos 6 anos sem ter aprendido a ler, e não por qualquer deficiência pessoal. Em compensação, subia em árvores como um mico e, idem, não por uma particular aptidão atlética. Era o estilo da escola: pouco bê-a-bá e muita liberdade para brincar. Na verdade, o dia de aula era um grande recreio.

Para mim, havia algo de errado naquilo. Escravo das palavras desde tenra idade, tendo aprendido a ler e a escrever sozinho e, aos 5 anos, de pernas cruzadas e calças curtas, já lendo o *Correio da Manhã*, achava inconcebível que uma filha minha, em idade tão avançada, ainda não conseguisse ler nem *Luluzinha*. Mas esta era a proposta da escola: valorizar, pelo máximo de tempo, a vida natural da criança, antes que ela se deixasse fisgar para sempre pelo mundo verbal. Compreendi.

Hoje é o contrário. Em escolas de São Paulo, bebês de 2 anos, recém-saídos do gugu-dadá e mal entrados no minimaternal, sentam-se ao computador e produzem complexos desenhos de ursinhos, bolinhas e florzinhas digitais. Imagino que, aos 3 anos, estarão compondo óperas-rock por um programa criado por eles próprios e, aos 4, irão propor ao mundo um sistema de busca que engolirá o Google: o Gugugle.

Alguns educadores mais severos do Rio e de São Paulo alertam para os riscos dessa precocidade. As crianças precisam brincar com coisas simples, dizem eles, para desenvolver a observação, o aprendizado, a imaginação e até a coordenação motora. O computador entrega tudo pronto, e sua tela faz mal à vista, principalmente para quem ainda não tem os órgãos de visão formados. Sem contar que horas diante do aparelho criarão uma geração de inermes e balofos.

Que nunca aprenderão a subir em árvores.

Denunciando

Não importa a notícia. Tanto pode ser o candidato a vice de Serra, Indio da Costa, acusando o PT de flertar com o narcotráfico quanto o assalto a um banco, outro dia, em Santa Bárbara do Oeste (SP), hilário porque, ao chegar ao caixa com a arma, o assaltante gago não conseguiu desembuchar — ambos perderam uma boa oportunidade de afinar melhor o discurso. Mas, ao pé destas ou de qualquer matéria on-line, vêm as opções: "Comente. Imprima. Compartilhe. Envie. Etc." E a mais intrigante: "Denuncie."

Ao ouvir o verbo denunciar, a imagem que nos vem à mente é a de alguém dando conhecimento a outro do malfeito de um terceiro. E isso pode ser feito legalmente, na forma de uma acusação formal, ou pela infâmia da delação, o crime sem perdão. Nos dicionários de português, do *Moraes* ao *Houaiss*, não há outro sentido para denunciar.

Mas, em inglês, língua de onde se origina o internetês porcamente traduzido que usamos, há vários outros. "Denounce" [dináunnss], diz o *Vallandro*, além de "denunciar, delatar, acusar publicamente", é também “protestar contra, atacar, verberar, estigmatizar, ameaçar, anunciar, profetizar” etc.

Donde o que eles estão nos propondo quando nos convidam a “interagir”, “denunciando” tal ou qual matéria, é que manifestemos nosso desagrado quanto à notícia em si ou quanto à maneira parcial, tendenciosa, mal apurada ou cheia de erros com que ela foi tratada no veículo. Não quer dizer que você deva ir correndo denunciá-la à Associação Brasileira de Imprensa, à Academia Brasileira de Letras ou à delegacia mais próxima.

Da mesma forma, ainda estou tentando entender por que “initialize”, em português, tornou-se “inicializar”, e não “iniciar”. Ou por que você deve “inicializar” o computador quando pretende, ao contrário, desligá-lo. Mas aprenderei, aprenderei.

A vida na estante

Às vezes, sou levado a dar palestras em livrarias e bibliotecas, dois lugares a salvo de gente suspeita, como punguistas, terroristas, políticos etc. O único risco que se corre nelas é abrir um livro ao acaso e deparar com uma informação ou ideia que nos transforma a vida para sempre, para o bem ou para o mal.

Numa livraria, há tempos, alguém na plateia perguntou o que eu gostaria de ser quando crescesse. A pergunta era de brincadeira, mas respondi a sério: um dia, gostaria de deixar de ser escritor ou eventual jornalista e reverter à condição de apenas, e com muita honra, leitor.

Afinal, venho me preparando para isso há décadas, desde o dia em que cruzei as pernas dentro das calças curtas e abri o primeiro livro. Milhares de livros depois, descobri que essa preparação incluiu plantar estantes em todos os endereços em que morei, sempre achando que seriam definitivos. E todas essas estantes foram deixadas para trás, na esperança de que o futuro morador as usasse para guardar livros — quaisquer livros —, e não bibelôs inúteis ou troféus conquistados em gincanas bancárias.

Outro sintoma dessa obsessão é procurar os sebos em cada cidade que visito. Se tenho duas horas livres, é neles que tento gastá-las. Até há pouco, eu ainda perguntava no hotel onde ficavam os sebos locais. Agora não preciso mais. Basta chegar à janela e apontar o nariz para a cidade lá embaixo. O cheiro de mofo e dos livros empoeirados me assola as narinas, e sei logo para onde devo ir. Ou então, já na rua, um ácaro me sopra ao ouvido que há um lindo sebo escondido numa galeria defronte.

Enfim, são planos. Do alto das estantes, um mundo de biografias, livros de história e romances clássicos, de *Elzira, a Morta Virgem* a *O Grande Industrial*, me contempla. Gigi, eu chego lá.

Sem mãe para deletar

Quando saio ao terraço, vejo o garoto pela janela do prédio em frente, a partir de duas da tarde. Tem cerca de 10 anos e passa o dia sentado em seu quarto, diante da televisão, e sempre num desenho animado. A diferença é que seu rosto fica a três palmos da tela, e esta é daquelas de parede, com mais de 50 polegadas. Ninguém assiste de tão perto a uma TV dessas.

Mas ele não está vendo TV. Está no computador — o teclado e o monitor ficam bem debaixo da supertela. A cena se repete pelo resto do dia e invade a noite e a madrugada. Quando eu próprio acho que é hora e saio apagando as luzes do meu apartamento, deixo-o lá, acordadíssimo, digitando sob um Pernalonga gigante.

Assim como eu, ele mora na quadra da praia, a qual não é de se jogar fora. Vem gente de longe para conhecer o Leblon. Nesta semana, tivemos uma ressaca que atirou areia na pista, levantou parte do calçadão e fez a delícia dos surfistas. Foi um espetáculo bonito. Posso apostar que ele não desceu para apreciá-lo.

Corre na televisão um comercial de outro garoto sentado ao computador, sendo admoestado pela mãe: “Larga essa internet, Pedro Henrique!”, ou coisa que o valha. Pedro Henrique, de frente para a câmera e de costas para a mãe, faz todas as caras de aporrinhação e tédio. A mãe não tem esse direito.

De repente, ele perde a paciência. Digita alguns controles e, ploft, “deleta” a mãe. Era o que faltava para a sua felicidade: livrar-se daquela chata. A internet agora é só dele — ou ele, dela.

Meu jovem vizinho aqui no Leblon é mais feliz: não precisa deletar a mãe. Nunca vi um adulto no dito apartamento. E, se houver, nunca foi a seu quarto mandá-lo largar o teclado e ir fazer qualquer outra coisa. Mas tanto faz se há ou não esse adulto. O guri mora sozinho do mesmo jeito.

Nova babá eletrônica

Uma dona de casa americana, Lori Drew, 49, está sendo acusada de ter inventado um personagem no site MySpace para se corresponder com uma vizinha adolescente, Megan, 13. O trote teve fim trágico. O personagem seria um "rapaz de 16 anos". Depois de se tornar amigo virtual de Megan, o "rapaz" brigou com a garota e disse que o mundo "ficaria melhor sem ela". Megan se matou.

No Rio, outro dia, um homem foi preso ao chantagear uma menina também de 13 anos, de quem se aproximou fazendo passar-se no Orkut por uma colega dela. Confiante na "amiga", a garota deixava-se filmar. O homem adulterou as imagens transformando-as em pornografia e transmitiu-as para os colegas da menina quando esta se recusou a se encontrar com ele. Por sorte, ela contou tudo à mãe, que chamou a polícia.

Nos primeiros seis meses do ano, uma ONG que investiga denúncias do gênero flagrou 45.941 páginas com conteúdo de pedofilia no Orkut. Podem ter sido retiradas do ar, mas foram logo substituídas por outras que, por algum tempo, continuaram ao alcance de qualquer menor armado de um mouse.

No passado, a babá eletrônica era a televisão. Hoje é a internet. Crianças de menos de 10 anos passam o dia encafuadas em seus quartos, trocando mensagens e imagens com pessoas que seus pais não conhecem, e que podem não ser suas coleguinhas de escola. Ao criar um precoce canal de comunicação com o mundo, a criança começa a correr todos os riscos inerentes.

O lar já não é garantia de proteção. O perigo vem pelo ciberespaço e passa por entre as pernas dos responsáveis (muitos pais nem sabem o que é o Orkut). Existem filtros para tentar controlar esse contágio, mas não seria má ideia se os computadores dos guris ficassem na sala, com as telas à vista dos adultos.

Vozes no ciberespaço

Orson Welles dizia que, certa vez, estivera a um aperto de mão de Napoleão. Queria dizer que, aos 6 anos, em 1921, apertou a mão de um homem muito, muito velho que, também em criança, apertara a mão de Napoleão, que morreu em 1821. Improvável, mas possível.

Mais modesto do que Orson, contento-me com o fato de que, a qualquer hora, estou a um telefonema de Carmen Miranda, que morreu em 1955. Para isto, basta telefonar para meu amigo Russo, ex-vocalista e pandeiro do Bando da Lua e que, com a morte recente de Lulu e Harry, é o único sobrevivente entre os antigos músicos de Carmen.

Aos 82 anos, Russo (ele prefere ser chamado de Zeca) está firme, feliz e, há mais de cinquenta, morando no México. Acho um privilégio falar com um homem que cantou durante anos com Carmen, viajou com ela, viu-a rir e chorar, ouviu-a dizer nome feio etc. E que, como todos, nunca superou seu amor por ela.

Outro dia, Russo me mandou um site com vozes ilustres do "seu tempo". Era só clicar. Cliquei e ouvi a dicção estudada de Getúlio, o impagável sotaque de Jânio Quadros, a fala mansa de JK. Uma emoção foi escutar de novo os locutores: Luiz Jatobá, Heron Domingues, Ramos Calhelha. E mais: Ary Barroso comandando seu programa de calouros, Cecília Meirelles dizendo um poema e, "quando os ponteiros se encontravam" (ao meio-dia, com sol a pino), Chico Alves cantando seu prefixo, *Boa Noite, Amor*.

Outra atração do site é o famoso "primeiro registro da voz humana", pelo americano Thomas Edison, em 1877. Só que, há pouco, descobriu-se que, em 1860, o francês Scott de Martinville já tinha conseguido gravar vozes. Edison sabia de Martinville, mas envernizou a cara de pau, patenteou o invento como se fosse seu e ficou com as glórias. É, Zeca, o mundo é dos espertos.

Vírus e espiões

Um cidadão comum, inocente nas manhas da internet, pode ver-se em tantos perigos na rede quanto Chapeuzinho Vermelho na floresta. O mundo está cheio de parentes eletrônicos do Lobo Mau — gente cruel, que se diverte nos induzindo a abrir os anexos e links que disparam para ter nosso computador invadido por seus vírus e espiões.

E como fazem isso? Enviando uma mensagem do "nosso interesse". É o banco fulano que precisa "atualizar" nosso acesso ao seu sistema de identificação, ou o banco beltrano que, como se fundiu com o sicrano, precisa "reconfigurar" nosso cadastro. Para isso, diz o texto, basta clicar abaixo e, depois, em "salvar" e "executar". Quando você acorda e se dá conta de que não é cliente daqueles bancos, é tarde — seus dados bancários já foram.

Outra armadilha é a do "Ministério Público da Justiça" que, no desempenho de suas atribuições etc., com fundamento nos artigos tais, inciso xis da Lei Complementar de 30 de fevereiro de 1993, intima Vossa Senhoria — você, o otário — a comparecer à Procuradoria do Trabalho para participar de audiência relativa ao "procedimento investigatório em epígrafe". Para saber mais, "clique no link". Faça isto — e você verá o inciso que o espera.

Mas as campeãs de audiência são as mensagens que começam com "Oiêêê, quanto tempo... Já se esqueceu de tudo? Olha o que eu fiz com as nossas fotos. Não deixe ninguém ver, hein?", e o convidam a clicar para ver as "fotos". Você não se lembra de foto nenhuma, mas sabe-se lá? Pois, no que clicou, como diria o presidente Lula, sifu.

O que nos salva e nos impede de abrir essas tentações é o português de quinta com que as mensagens são escritas. Elas são criativas, mas escritas por semianalfabetos, gente ruim de pronome e vírgula.

Boa vida para entrevistados

A lei reza: repórter de jornal, de rádio ou de TV, só com diploma. Significa que são rapazes e moças que passaram por cursos de jornalismo — e, quando eles dão às ruas, ao fim do curso, não vêm "como espiões solitários, mas em batalhões", apud *Hamlet*. Pois temo que, na faculdade, seus professores estejam se esquecendo de ensinar uma regra básica: ao entrevistar alguém, façam apenas uma pergunta de cada vez.

É o que mais se vê nas entrevistas coletivas que a TV transmite, principalmente aquelas com os técnicos de futebol, aos domingos, depois dos jogos. O repórter faz uma longa pergunta, que parece maior ainda pela falta de objetividade, e, quando enfim a dá por encerrada, emenda com: "Outra coisa..." — e segue-se uma segunda pergunta, tão interminável quanto a primeira.

O treinador, ou qualquer entrevistado, se for esperto, só responderá à segunda pergunta, e levará tanto tempo fazendo isto que, quando acabar, ninguém mais se lembrará da primeira. Ou responderá apenas à que lhe for conveniente, com o que a outra também irá para o espaço.

Contraria frontalmente um princípio elementar da profissão: numa entrevista, o que importa não é a pergunta, mas a resposta.

Outro tipo de pergunta que tenho visto ser formulado com frequência é aquela, também interminável e tão elaborada pelo repórter, que pode ser respondida pelo entrevistado com uma simples palavra: "Exato." Ou: "Correto." Ou, num incontrolável arroubo verbal: "É isso aí!"

E há uma forma de entrevista que começa a ficar perigosamente popular por aqui, em que o repórter não faz perguntas, mas afirmações. Foram os franceses do *Cahiers du Cinéma* que a inventaram nos anos 60. Exemplo: "Seu filme é um delírio verbivocovisual." O entrevistado, feliz da vida, finge que entende e concorda.

O gosto secreto

Uma instituição internacional dita séria fez um *ranking* da inteligência no mundo animal. Deu o homem na cabeça, com o chimpanzé em segundo lugar e o gato em terceiro. Não me lembro de que critérios foram usados para se chegar a esse pódio da inteligência. Seja como for, não concordo. No meu *ranking*, o gato vem em primeiro, seguido não pelo homem, mas pela mulher, e, em terceiro lugar, o chimpanzé. O homem pode estar entre os dez primeiros, mas superado pelo papagaio, pela zebra e por vários outros bichos.

A prova de que o homem deixa muito a desejar no item inteligência foi dada há pouco por um fabricante inglês de comida para gatos. Ele acredita ter descoberto uma fórmula infalível para vender seu produto: um comercial de TV que "fala diretamente aos nossos amiguinhos felinos". E como é isto? Exibindo imagens que supostamente agradam aos gatos: cenas mostrando peixes, ratos, pássaros e um novelo de lã sendo desenrolado.

Ciente de que, entre os hábitos regulares dos gatos, não se inclui o de assistir à televisão, a agência que criou o comercial precisou inventar um macete. Um ou dois minutos antes de o anúncio ir ao ar, um locutor convoca o dono do gato a ir buscar o bichano e colocá-lo em frente ao aparelho. Esta obra-prima da inteligência e da imaginação custou US$ 825 mil ao anunciante. Como diria P. T. Barnum, imortal filósofo americano do século XIX e empresário de circo, nasce um otário por minuto.

Em primeiro lugar: quem disse que gatos acham graça em ver peixes, ratos, pássaros ou novelos de lã na televisão? Segundo: quem é capaz de provar que a percepção deles é parecida com a nossa? E se for? Ao ver, digamos, a imagem da Gisele Bündchen na televisão, todos nós sabemos que aquilo é apenas a representação eletrônica da verdadeira Gisele Bündchen. Pois, sabendo disso, ninguém, a não ser um perfeito retardado, se atirará aos beijos ao aparelho, achando que Gisele Bündchen está dentro dele em carne, osso e cabelos. Da mesma forma, nenhum gato que se preze jamais foi visto salivando de prazer ao ver imagens de peixes ou ratos na televisão.

Os gatos são de uma extraordinária superioridade quando se trata de certas coisas. Seres humanos, por exemplo. Uma espécie de sexto sentido os alerta sobre quais são confiáveis ou ternos. Qualquer pessoa que tenha um gato em casa já percebeu como eles se aproximam de certas visitas e guardam distância de outras. Um interrogatório mais acurado revelará que aquelas de quem eles não se aproximaram são justamente as que não gostam de gatos. Algumas pessoas neuróticas têm um medo bobo de gatos, o que eles também percebem. E, se se aproximam delas, é para tentar convencê-las de que não representam perigo nenhum. Nem sempre são bem recebidos, mas valeu a intenção.

Com raras exceções, qualquer gato doméstico é indiferente até à sua própria imagem no espelho. Ao vê-la, ele não tem nem sombra daquela reação de hostilidade que manifesta na presença de um gato estranho. O que prova que, de alguma maneira, ele sabe que o gato do espelho é ele mesmo ou é um gato bidimensional, ilusório, donde sem interesse. Seja como for, é brilhante — ao contrário do ser humano, que, seja qual for o sexo, não consegue passar por um espelho sem cofiar-se.

Não há possibilidade de o tal comercial inglês dar certo. O dono do gato poderá tirar o bichano do seu sono ou de qualquer outra atividade e plantá-lo diante do aparelho durante o anúncio. O gato talvez aprecie por alguns segundos aquelas imagens em movimento, mas não demorará mais que isto para concluir que aqueles peixes, ratos ou o que for não têm nada a ver com a vida real. E não há hipótese de o anúncio estimular o seu apetite para o produto que está sendo anunciado. Sua reação será um sábio, longo e contagiante bocejo.

Mesmo porque até sua independência de paladar nos é incompreensível. O que faz com que um gato ignore uma fatia de peito de peru defumado, preferindo uma (para nós) insossa ração seca? Ou que outro despreze aqueles tentadores patezinhos em lata, mas seja louco por uma sardinha recém-chegada da feira e ainda cheirando a sardinha? E vice-versa para tudo isso? Assim como todo gato tem um nome secreto, que seu dono nunca saberá, tem também gostos secretos, que jamais subjugará a um reles comercial de TV.

A prova definitiva de que os gatos nos são superiores em inteligência é que eles não perdem tempo vendo besteiras pela televisão.

ESTA OBRA FOI COMPOSTA PELA ABREU'S SYSTEM EM ADOBE GARAMOND
E IMPRESSA EM PROCESSO SOB DEMANDA PELA UM LIVRO SOBRE
PAPEL OFFSET PARA A EDITORA SCHWARCZ A PARTIR DE 2025

FSC
www.fsc.org
MISTO
Apoiando o manejo florestal responsável
FSC® C128038

A marca FSC® é a garantia de que a madeira utilizada na fabricação do papel deste livro provém de florestas que foram gerenciadas de maneira ambientalmente correta, socialmente justa e economicamente viável, além de outras fontes de origem controlada.